姚海军 主编

剑刃皇冠

中国奇幻典藏

读书之人 著

四川出版集团
巴蜀书社

图书在版编目（CIP）数据

剑刃皇冠/读书之人 著. —成都：巴蜀书社，2006.7
（中国奇幻典藏）
ISBN 7-80659-850-2

Ⅰ.剑... Ⅱ.读... Ⅲ.长篇小说-中国-当代 Ⅳ.Ⅰ247.5

中国版本图书馆CIP数据核字（2006）第039072号

中国奇幻典藏

剑刃皇冠

读书之人 著

主　　编	姚海军
责任编辑	陈　红
封面设计	黄远霞
版式设计	黄远霞
出　　版	四川出版集团 巴蜀书社
	成都市槐树街2号 邮编：610031
网　　址	www.bsbook.com
经　　销	新华书店
印　　刷	成都金星彩色印务有限责任公司
版　　次	2006年7月第1版
印　　次	2006年7月第1次印刷
成品尺寸	147mm×208mm
印　　张	6.125
字　　数	150千字
书　　号	ISBN 7-80659-850-2/Ⅰ·272
定　　价	15.00元

■版权所有·翻印必究
■本书若有缺页、破损、装订错误等，请寄回印刷厂调换

目录 CONTENTS

第一章	火刑犯	1
第二章	委托	11
第三章	私事	22
第四章	见义勇为	32
第五章	骗子	44
第六章	战斗的意义	54
第七章	故友	66
第八章	牺牲	87
第九章	真相	110
第十章	幸存者	128
第十一章	胁迫	163
终 章		179

第一章　火刑犯

马蹄声打破了黄昏的寂静。

跑在队伍第一位的是一个骑着枣红色高头大马的士兵，他身披红色斗篷，头戴铁头盔。"让开，让开，以霍尔曼王子的名义！"士兵高喊着，冲过人群。在他的身后，是一辆铁制的车辆，由两匹马和一个车夫联合驱动。在马车的后面和两侧，十二名警惕的骑兵正紧紧包围着马车。

街道上的人让开一条路给这个队伍通行。人们用好奇的目光打量着这辆马车和保护马车的士兵。这些满身大汗的马匹和神色警惕的士兵都可以让人引发一些联想，但最吸引人目光的，还是他们环绕的车辆。这车辆的车厢是用两指粗的精铁铸成，里面所"招待的客人"清晰可见。

囚犯的手腕被绳子反绑着，脚上则锁了沉重的铁链。两个站在囚笼后面空位的卫兵手握细长锋利的剑，冷冷地看着笼子里犯人的每一下摇晃。他们的剑随着马车的颠簸不停地碰撞着钢铁的栏条，随时准备刺进罪犯的心脏——如果他们认为局势需要他们作出这种选择的话。

这样森严的警戒在城市中是不多见的。马车驶过之后，人群立刻开始议论纷纷。霍尔曼王子很少会让重要的囚犯出现在大庭广众之下。出于南方人根深蒂固的偏见，王子都会让重犯悄悄地、不起眼

地消失，只留下审判书上一个无意义的名字。

马车穿过繁华的街道，向既定目标疾驰。车夫毫不怜惜地榨取那两匹马的最后一丝精力。那两头可怜的牲畜在鞭子的逼迫下使出了全力，车轮在每一个凸起与凹陷处剧烈地跳跃。不止一次的，车上的两个卫兵撞在了一起。

马车驶进了皇家广场，欢迎的队列已经等候在那里了。

站在队列前方的是一个身穿黑色丧服的妇女。她宽大的帽子上挂着的面纱隐藏了她的容貌，但从她白皙柔软的脖子、纤细苗条的身材和动作姿态可以看出来，这个女人还很年轻。她的身边围绕着四五个高大强健的男子，打扮都和她一样。

"让男爵夫人确认一下。"

两个卫兵打开囚车的门。他们首先解下自己的武器，交给身边的同伴，然后才小心翼翼地把里面的囚徒拉出来。他们的谨慎这一次有些多余，因为犯人毫不反抗地就被他们带出。但每个人都知道上一次的情况是什么。

这个男人的出现立即引起四周一阵低低的惊叹。

囚犯中等个子，和所有的囚徒一样，他上半身赤裸着。包括脸在内，他身上的好多地方都保留着凝固变黑的斑斑血迹，再加上青肿和其他伤痕，让他的身体几乎失去了原形。犯人五官明晰，单从他此刻的脸很难确切地说出他的具体年龄。他看起来可以被理解为步入中年也可以被理解为尚处少年。格斗、拷打和囚笼生活让他脸上此刻乱七八糟，但他那双眼睛却依然咄咄逼人。那双眼睛让人想起困在陷阱里的猛兽——这绝对不是一双认命的人的眼睛。虽然他的脸上伤口和淤血比比皆是，但那双眼睛让他的脸看起来依然有一股令人畏惧的力量。

监视囚犯的卫兵每一个都比他更高大，却没有人敢怀疑他的威胁。两个卫兵一人抓住他一只手——尽管这双手已经被最结实的皮

绳反捆在身后。但任何措施都不是多余的。囚徒不止一次为自己的自由努力过。这些努力的成果是四具躺在坟墓里的尸体和十二个躺在床上的伤员——他们中伤势最轻的要在床上躺半个月。这个男人体型瘦削，动作平静而优雅。他在两个士兵的"照顾"下离开囚车，接近那个蒙着黑面纱的女人。突然他用力跺了一下脚，在场的卫兵都本能地抓起武器。四周一片钢铁碰撞的哗啦声。

囚犯饶有兴趣地看着那些紧张的卫兵。他的目光让那些卫兵更狼狈。他们面对的是一个手被反绑、脚戴脚镣、身边还有四只胳膊抓住的囚徒。而就是这样一个囚徒的脚一跺，让他们整个队列都有了剧烈反应。

"废物！"一个声音低声地咒骂了一句。

那个女人走近囚徒。抓着囚犯的卫兵中的一个抬手掀起囚犯脸上的头发，好让女人看得更仔细。女人看着囚徒一动不动的脸十几秒钟，突然发出一声喊，连连向后退去，两个男人上来搀扶住她。

"就是他！那个恶魔！"女人哭喊着，用一块干干净净的方巾探到面纱下面擦拭着，"就是他杀了男爵大人。那个晚上，他就在我面前杀害了我的丈夫，是他把匕首刺进我丈夫的脖子的。"

搀扶着男爵夫人的两个男子低声地安慰着恸哭不已的遗孀，同时把她带到队伍的最后面。

几个站在队伍一侧、身穿大法袍的男人开始彼此交谈。他们并没有掩饰他们的对话，所以囚犯也能多少听到一些。"证据确凿……毫无疑问，没必要公开审判……"这些人说话的口气就好像讨论着午餐应该选择的菜色，但是囚犯知道他们是在讨论他的生死。

这次讨论的时间并不长，这些人很快达成了共识。他们中的一个，一个四五十岁、胖胖的男人向囚犯走来，用一种悲天悯人的口吻向他宣告他的结局。

"塞文·阿杰斯，我宣告对你的判决。由四位法官一起审判，

十二位见证人见证。你,因为谋杀柯文男爵,所以将会公开示众两天,然后处以……火刑。"说话的法官停顿了一下,他似乎觉得应该表现一下自己的慈悲,"你是哪个神的信徒?我会让牧师来为你做最后的祷告。"

囚犯低着头,他的嘴唇略略翕动了一下,好像说了一句什么。法官靠前一步,想仔细地听他的话。囚犯再次咕哝了一声,但还是太轻听不清楚,于是法官再次向前,来到囚犯面前的位置。

囚犯猛地跃起,好似一头老虎扑向它的猎物。那两个高大的士兵没能抓住他,他的头撞上了法官的下巴。两个人猛撞在一起,跌倒在地。两个士兵及时冲上来,在囚犯咬住法官的喉咙前抓住了他。四只强壮的胳膊按住了囚犯的身体。无论他怎么拼命挣扎、扭动,他也无法挣脱那结实的绳子和脚镣,还有死死按着他肩膀和头的手。

"贱种!"法官怒气冲冲地爬起来,用力抹了一下自己肩头被弄脏的部分,同时咒骂着。另外几个士兵冲过来帮忙,他们开始熟练而残忍地打这个胆大包天的囚犯。囚犯没有继续挣扎,一动不动地任由他们殴打。他的眼睛死死地盯着面前的这个裁决他死刑的法官。那眼睛里深深的仇恨让法官不由自主地后退了一步。一个士兵用力地在他头上踢了一脚,马刺在囚犯额头留下一道深深的伤痕,血流不止。

"把他拖出去!戴上最重的枷锁,锁在刑场上示众!"

一些杂役和士兵走了过来,他们手上抬着巨大的刑具。这种可怕的东西就是为了折磨和羞辱犯人发明的。戴上枷锁后,人的手和脚就被困在同一块铁板上,无法站也无法躺,只能以单调的姿势坐着。而枷锁沉重的重量无情地压着犯人的肩头,不用一会,腰和背的肌肉就会痛得像有刀子在割一样。被裁决戴枷锁示众的犯人中,那些身体虚弱的往往无法坚持到行刑就一命呜呼。

十来双手一起帮忙,囚犯被套上了枷锁,然后丢回囚车。囚车就转了个头,向城市的刑场,那个架设着断头台和绞刑架的地方驶去。

在车轮开始滚动后,先前因为悲伤和哭泣被扶到人群后方的男爵夫人重新来到第一列。她静静地看着囚车远去,直到消失在视野里。

刑场是一个阴暗忧郁而诡异空洞的角落。死神就在这里安下了家,在断头台的闸刀下留下黑色的痕迹作为自己存在的证明。每年重大节日的时候,这里的每一样刑具都会开动起来,用生命填充它们永远空虚的胃,用血来娱乐观众。晚上,这里空无一人——除了值勤的士兵。传说中阴魂和幽灵每个晚上都在刑场周围游荡。但在白天,这里永远是不缺乏观众的。

一群流民——用更合适的话来说,一群闲汉,在清晨就围在绞刑台的四周,看着台上被三个兵看守的囚犯。他们一开始只是沉默着打量高台上的囚犯,但随着人群越来越多,他们开始指点猜测这个犯人的身份。

告示牌上清楚地写着:"塞文·阿杰斯:臭名昭著的刺客。刺杀德高望重的柯文男爵的凶手。同时犯有多项谋杀罪名。示众两天。火刑。"

大部分人都不知道柯文男爵到底是谁。这个犯人是一个被抓住的刺客。对于观众来说,这一点就够了。人们开始对囚犯身上的累累伤痕指指点点。这些足以令人战栗的伤痕有新有旧,覆盖了囚犯身体的大部分。这将会成为他们闲谈的好材料。

囚犯对观众的指点漠然以对,似乎根本不知道他们在讨论指点的就是自己。这个傲慢的态度终于激怒了观众。仗着人多势众,一些石头和垃圾开始飞上刑台,砸在犯人的身体上。一块不大不小的石头从人群中飞起,恰巧命中了犯人的额头,把那个被马刺划破、已经结痂的伤口重新打破。血顺着伤口流出,黏在旁边的头发上。犯人愤怒地抬起头,扭曲的面容让人群一阵骚动。他的眼瞳深处燃烧着烈火,即使是此时此刻,这股憎恨和充满威胁的目光依然可以让这群闲汉望而生畏。

"谁丢的石头?"犯人沉声地问道。人群一片骚动和混乱,却没

第一章 火刑犯

剑刃皇冠

有人站出来承担这个责任。犯人只能瞪着这群虚弱而怯懦的人。不再有东西丢上来。人们都默默地看着高台上被束缚的囚犯，仿佛此刻困在枷锁里的是来自深渊炼狱的恶魔。

上午就这样过去了。中午，另外一队士兵来到刑场，和原来值勤的士兵交换了岗位。因为上午的事情，围观的人群在这个炎热的午时不但没有减少，反而增多了。来接班的士兵中间的一个人拿出黄油、面包还有大蒜，靠在刑台的阴影里大吃起来。他很快发现犯人正在看着自己。

"没你的份。"他看着犯人，炫耀似的晃了一下自己的午餐，"你明天晚上就要上火刑架了，吃了也是白吃。"

"我想要点水。"

士兵愣了一下，突然哈哈大笑起来。他似乎觉得这是一个开玩笑的好机会，于是走到刑台前端，面对脚下的众多围观者。

"大家听到了没有，这个家伙想要喝水！谁愿意拿水来给他喝？愿意的人自己上来吧！"

人群中爆发出一阵夹杂着谩骂的嘲笑声。不知道谁高叫了一声："嘿，你自己选吧。如果你认识谁就叫谁来帮你！现在是证明你的为人的时候！"随着这句话，更响的哄笑声爆发出来。

犯人凝神看向人群。他们中没有一个看起来愿意主动帮助此刻的他。"雷特，"他看着人群前列的某人，用一种不响，但却每个人都听得到的声音说道，"我还记得你，我曾用我的剑为你的儿子报过仇。就是被一伙拦路打劫的强盗杀掉的那个儿子，而急于升官的治安官甚至不允许这种案件上报。"

包括刑台上的士兵，所有的人一起看向犯人说话的对象，一个头发花白的老人。老人慌乱地钻进人堆里，一下就看不见了。

"还有你，阿特尔。我帮你杀掉了那个企图用阴谋和高利贷逼迫你破产的商人。"

那个被喊到名字的衣服华丽的中年人脸色唰的一下变白。但他尽力装出一副与己无关的神气。他慢慢地转过身，用一种好像犯人认错了人般的神态讪讪一笑，然后挤出人群。

"莫菲。那个强暴了你妻子，然后利用身份逃脱惩罚的贵族就是死在我的剑下的。你绝不会忘记。"

"别胡说八道！你这个杂种！"那个被喊到的男人脸色大变。他一开始想和先前的人一样，否认自己的名字，然而人群里却有几个熟人。几秒迟疑后，他咬了咬牙，举起一块石头丢过来。石头落在犯人身边的木台上，发出响亮的钝声，"再胡说我就砸烂你的头！"

犯人的目光继续在人群中搜索。几个站在前列的人纷纷后退，钻进人堆以逃避犯人的目光。犯人反复来回地观看，但在人群里已经找不到一个曾经相识的面孔。他低下了头，承认自己的努力失败。

刚才还有些紧张而显得沉默的人群里发出一阵哄笑："水没有，尿要多少有多少！"人们轻松地嘲笑着刑台上那个垂头不语的犯人。那个提出建议的士兵也很得意这种情况。他一边大嚼自己的午餐一边看着囚犯面无表情的脸。

人群里传来一阵骚动，人们纷纷让开，一个捧着木碗的女孩从人群中努力走了出来。她慢慢地走上高台，经过那个因为惊讶而呆住的士兵身边，一直走到囚犯的面前。她把碗递到囚犯面前。碗里是干净的饮用水。

犯人抬头看着这个女孩。这个女孩十四五岁，身上穿着缝补过多次的旧衣裙，满脸雀斑，一头红色头发扎成两条十分简单的辫子。她微笑地看着犯人，把碗送到犯人嘴前。

犯人低下头，把满是裂口的干枯的嘴唇埋到水里，开始大口地喝水。虽然那个女孩很小心地捧着碗，但还是有很多水因为犯人过于激烈的动作洒了出来。

"对不起，阿杰斯先生，我只能为你做这么多。"等犯人喝完水后，那个女孩轻声说道，"我不会忘记你的，是你为我那个可怜的姐姐报了仇。那群浪荡公子劫持、轮奸然后杀害了她——只有你帮助

了我。"

　　人群中一片默然。但明眼人都看得出来，一股风暴正在酝酿——不是针对犯人的风暴，而是针对女孩的风暴。优越感的丧失加上挫折感，让人群产生了被侮辱的感觉和强烈的敌意。这个打破了规矩的女孩——她明显是个最下层的市民——就成了众矢之的。而这场风暴的源头，那个看守犯人的士兵，用同样恶狠狠的目光看着犯人和女孩。因为他刚才公开说过话，所以一时之间无法收回，只能眼睁睁地看着这个女孩给囚犯喂水。他的另外两个同伴因为脱身事外，所以也没有插手的打算。他们就这样看着女孩给犯人喝完水。而女孩因为一直背对着观众，所以还不知道发生了什么。

　　然而这场风暴并没有变成事实。人群后方发出了一声喊叫，接着这些人像被鹰惊吓的飞鸟一样迅速散去。一整队的士兵出现在刑场上。几个身份高贵的法官——他们中的一部分已经在昨天傍晚和犯人见过面了——陪同着另外一位衣着华丽、神态傲慢的年轻人一起走在队伍的前面。他们向犯人所待的那个绞刑台走来。其他的人明白这个队伍来者不善。吃了一半午餐的士兵赶紧丢掉食物，笔挺地站直身体。那个送水的女孩也像头小鹿一样地跳下了高台。

　　犯人抬起头，屏息静气地看着从远处越走越近的人。在这个队列的后面，几名杂役拉着一辆车子——车上是火刑所需要的木柴。

　　那个年轻人走到高台上，一直走到距离犯人不足五步的位置。他略看了一下犯人的脸，立刻转过身，走到绞刑架的边缘，面向远方的人群。

　　"根据霍尔曼王子殿下的命令。明天是他的父亲，摄政王基利亚大人的忌日——所以明天不允许任何聚会活动。仁慈的王子殿下决定给予塞文·阿杰斯、刺杀柯文男爵的凶手减刑，减少他一天的示众刑期——今天就执行火刑！"

　　在台下，几个人开始架设一个火刑架。也就是竖立一根坚实的木桩，然后在木桩脚下堆上柴火。

准备工作完成后，那个男人再次走到犯人面前："你还有什么要说的吗？还有一阵时间，我是战神坦帕斯的牧师——如果你需要临终忏悔的话，我可以给你提供服务。虽然我更相信你是谋杀之神的信徒。"

"等一下……阁下……"一个法官从侧面伸来一只手，想阻止这个男人的仁慈举动，他的下巴上有因撞击而产生的明显青痕，"这个凶手太危险了……"

"大人，世界上任何一个人，无论是谁，都有忏悔他们罪过的权利。"牧师推开法官的手，"这一点，罪大或者罪小的人都是相同的。"他重新走向犯人，同时示意卫兵打开那个巨大的枷锁，"目光锐利，额头饱满，鼻口端正，手脚秀巧灵活而有力——毫无疑问，你有一个显赫的出身。真可惜，高贵的血脉沦落到这个地步。忏悔吧，阁下。这是你洗尽身上的罪孽，升上天堂的最后机会。"

犯人笑了一下，如同一头老虎一样露出一口又尖又利的牙齿。"我忏悔。我真他妈的后悔。"他看着曾被他撞了一下的那个法官，"那天晚上，你在床上操那个婊子的时候，我居然没有给你的后背来一刀。我看着你没穿裤子跑出来的样子……"

"亵渎！胡说八道！"法官又气又急，涨红了脸。他一脚踢在无法躲闪的囚犯脸上，打断了这番话，"冥顽不灵，不可救药！"他又一脚踢去，重重地踢在犯人的脑门上，几乎把犯人踢倒。那个巨大的枷锁控制着犯人，犯人摇晃了一下，却没有摔倒。

"不可理喻。"牧师明显十分理解法官的感受，"看起来你对死亡无惧无畏，但你会后悔的。"他眼里闪过一丝不引人注意的狡黠的光彩。四个面无表情、身材高大的卫兵走上来，去掉了犯人身上的枷锁。然后把那个麻痹的身体拖向旁边的一个小黑屋。在那里，犯人会被套上火刑犯特有的服装。如果犯人的亲属有足够的钱的话，他们可以贿赂士兵，在那个小屋里就把犯人勒死，免得在火刑架上承受多余的痛苦。但这一次显然没有这种黑暗交易。

市民们站得远远的,看着一个包裹在特殊的掺油服装里的身躯被拉上火刑架。刽子手把一个燃烧的火把向柴堆里一丢,火焰顿时腾空而起。转眼间吞没了整个柴堆。

在那个小黑屋里,塞文·阿杰斯正不解地看着外面燃烧着的大火。

第二章 委 托

　　大殿空荡荡的。人走过的时候脚踩着地面发出空洞的回声，这声音不像是来自行人的脚下，而是来自遥远的异度空间。

　　不止一次的，自称为战神坦帕斯的牧师的使者转过头来扫视他的同伴，好奇地想看到这个男人面对如此不可思议事件的反应。他本来期望能看到惊疑、犹豫或者好奇，但最后却不得不失望了。刺客面无表情，冷淡得如同一块冰。他的脸丝毫也没有泄露他内心的感觉。他的眼睛甚至没有去看使者，而是在观察两边的建筑，在记忆他们所经过的路。这一切让使者开始感觉到不安。于是他停下了脚步。

　　塞文·阿杰斯也停下了脚步。

　　"这边。"两人彼此对视了几秒。使者再一次失败——杀手没有表露一丝一毫的情绪，反而在等着使者首先开口。在明白这个人不是任何外物所能打动的以后，使者用一句多余的话摆脱了自己的尴尬。其实他们面前只有一条通道。这条长长的通道上有六扇门，起码杀手心中的记忆是如此。每扇门前有四个卫兵看守。这些卫兵看到这个队列毫无反应，要么他们早已接到命令，要么这个战神坦帕斯的牧师使者是这里的常客。杀手更倾向前者。

　　他们已经走了很长一段路，长到足够让杀手明白自己处于什么地方。如此规模的建筑群在这个城市不可能有第二个地方，他们现在所在的地方是柯迪雅城的王宫。

通道的末端是一扇富丽堂皇的大门，用金子和银子作为装饰，雕刻着精美的浮雕。门的正中间是一个纹章——就算对家谱学、纹章学毫无概念的人都熟悉这个符号的意思。只要是在柯迪雅城里待过的人，没有不知道这个纹章的。这是柯迪雅统治者霍尔曼王子的家族纹章。

"进去。"使者发了一个暗号，四个守门的卫兵为他们打开了这扇门。

塞文·阿杰斯依言进入，伴随他进去的只有使者一个人，其他武装士兵都留在门外。这是个和外面大门相配的房间——墙上是用金线刺绣而成的大红锦缎，脚下是陷及脚背的厚厚地毯。代表主人狩猎成绩的老虎、狮子还有麋鹿把自己身体的一部分永远留在房间的高处。一盏魔法的琉璃灯悬挂在房间正中，明亮的光芒照亮了靠墙一张铺着罕见白色老虎皮的椅子和正坐在椅子上的人。

整个房间没有其他人的气息，只有使者、房间的主人，还有塞文·阿杰斯自己。

房间的主人有一双阴沉的双眼，眼皮浮肿——这要么是纵欲过度，要么是操劳过度；他脸上铭刻着威严和轻蔑，证明这个人是习惯他人垂手服从的；他身材中等，不胖不瘦，穿着和房间本身的华丽极其不搭配的灰色披风，披风下露出的是浅蓝色内袍，布料考究。

使者上前一步，弯腰行礼，然后就默默退开一边，站在一个不起眼的角落里，让杀手和房间主人面对面。

塞文并不惧怕。尽管他手无寸铁，但一个刺客学习到的第一件事情就是把身体的每一个部分都当成一件武器。而且，此等情景他并非没有见识过。这样的密室正是他谈生意的所在。没有人愿意在一个容易被窃听的地方和一个杀手讨论细节。

"他是谁？"房间的主人开口了，不是对塞文·阿杰斯说，而是对使者说。

"塞文·阿杰斯，正如我上次告诉您的一样，'剑刃'塞文·阿杰斯。他是他们这一行中最好的。他最近的一次生意，就是在一个晚上潜入柯文男爵的城堡，来去都没有惊动任何人就完成了任务。干净利落的手法令人赞叹。"

"柯文？"房间的主人眉头皱了一下，似乎回忆起这个名字所代表的人，"好吧，我相信你的推荐。"他转过头，再次面对塞文·阿杰斯。

"你是谁？"这次轮到刺客发问。他冷静地面对房间的主人，那种居高临下的目光并没有让他退缩——事实上，凡是能在密室里讨论生意的人，大都带着这种目光。

"这一位是霍尔曼王子，柯迪雅全境的统治者。"使者开口解释。他的话并没有让塞文·阿杰斯感到意外。

"很没有礼貌……不过现在我不打算追究，我原谅你一次。"霍尔曼王子用低沉的声音说道，"既然我的手下选择了你，那自然有他的理由。"

霍尔曼王子开始仔细地打量面前的刺客。经过理发匠、牧师、化妆师这三类人的共同努力，此刻的塞文·阿杰斯一点都不像一个从刑场上被偷偷救下的犯人，也不像一个杀手。如果是一个完全无知的人和此刻的刺客偶然相遇，他大概会把这个面貌端正、脸带微笑、打扮干净整洁的男子当成一个家道殷实的小商人或者一个退伍军官，而忽略他那偶尔闪现凌厉逼人目光的双眼。不过霍尔曼绝对不是这类人。他仔细打量后，脸上浮现一个浅浅的微笑。他的部下这次干得不坏，找到了一个符合他需要的人——起码在外貌方面符合需要。

"抽烟吗？"王子向房间一处一指。沿着他的手指，可以看到一排放得很整齐的烟管，烟管颜色虽然不同，但却是清一色的象牙烟嘴而且上好了烟草，在它们旁边有一枝点燃的粉红色小蜡烛。

"不。"

"酒呢？"王子再问。不需要他做任何动作，每个走进房间的人都可以看到高橱里排列的那整列瓶子。"

"也不。"

"你像个苦行僧。"

"也许是的。"

"但我想要的不是苦行僧……我会下令杀了你!"

"那么我只好划开你的脖子了。"

"你哪里来的武器?"王子饶有兴趣地问,"我身上没武器,他身上也没有,房间里没有任何武器,只有外面的士兵有。你可以依靠徒手打败那十几个士兵然后夺下武器吗?你也许可以用拳脚技术来和我较量一下,但徒手作战数量却比质量更重要,我们现在是二比一。而房间外面起码有十个我一声令下就会冲进来的人。"

"我身上没有武器,但武器就在我眼前。"刺客一动不动,然而他的目光让人绝对不会怀疑。王子吃惊地看着刺客的目光所指的东西,随即明白了刺客所需要的武器在哪里。

"很聪明,下次我要告诉我的安全顾问,在我的接待室里不准有酒瓶。这些东西打破后立刻就可以成为凶器。"

塞文·阿杰斯轻声一笑:"您当然可以这么做,王子殿下。但如果一个想要杀您的刺客已经和你面对面,那么挪开酒瓶并没有什么意义。如果我来这里是因为您需要一个专家为您的安全提出建议,那么我很遗憾:一旦敌人进了您的房间,您就只能在土葬和火葬之间进行选择了。"

"对,你是行家,柯迪雅很著名的一位。但如你所见,如果我是要建议,那么我会换个地方,换些人物。我需要的是服务!"

王子的瞳孔一阵收缩,只有刺客注意到这个细微得不能再细微的神态变化。当一个人想起那些令他愤怒的事情的时候,这种现象是常有的。每一次收缩都代表一次心灵的剧烈激荡。

"我听说你有独特的规矩,'剑刃'塞文·阿杰斯。"王子的目光平静下来,"你接受下层市民的委托,去刺杀上层贵族。你以为自己是代表正义的剑刃吗？用自己的剑去维护正义？那个刚刚被你杀掉的柯文是我一个可靠的部下，忠诚而恭顺。"

王子的声音让四周的空气立刻处于冰点。他的声音表面平静，实则充斥着挑衅。房间里的三个人都很清楚这一点。

"也许是这样吧。虽然一个贵族的价格远高过平民。"塞文微微地耸了一下肩，根本不打算反驳。

"你曾只为很少的一点钱为下层平民达成复仇的愿望。"

"人总是要一步一步地向上走的，任何职业都是如此。一个刚入行的刺客的价格不比一盘炖猪肉贵多少。"

"为了荣誉和正义？我知道你每次动手都要雇主说明真正的理由和细节。"

"如果殿下曾经饿过肚子，就会明白荣誉正义无法换来哪怕最小的一块面包。"

"那么为了行内的好名声和发展前景？也就是为了钱？"

塞文·阿杰斯再次耸了一下肩，似乎认为问这种问题完全是多余，他根本不需要回答。

"不过你暗杀所冒的风险非同小可。权势者对自己安全问题的重视不是平民可以比拟的。我知道你很出名的一次，你曾经伪装成一个外来的骑士，以一个可笑的理由向你的目标提出决斗（这类事情不算罕见，决斗者双方的真正理由有时是不愿意告诉外人的）。然后你就在决斗场上杀了他。如果不是你冒充的对象一个月后到来的话，每个人都还以为你的目标是在一场高尚的决斗而不是卑鄙的谋杀中死去的。你为什么要这么做？你有什么理由认为你可以在正面战斗中打倒一个骑士？"

"殿下，虽然打倒他的是我的手，但真正击倒他的却是他自己。我只是这种种因果中最不重要的一步。是他的所作所为树立了一个敌人，他的敌人对他的仇恨是如此的深，以至于可以出一笔高价请得起我这样的人。是他自己导致了这一切的结局。"

"很出色的理论。"

"谢谢殿下的赞美。"

到这里的时候，一切客套和闲话似乎都已经结束。他们之间应该转入正题。但是这交谈的双方都觉得缺乏一个让他们进入主题的契机，所以房间里暂时由沉默主持。

"看看这个。"王子最后觉得必须用一些行动来打破这个局面，于是他站起来，打开墙上的一个秘柜。也就是说，一个和墙壁同色，除非是一双洞悉内情的眼睛否则无法察觉的壁柜。秘柜当中是一个很大的盒子。王子将盒子放在桌子上然后打开，从中捧出一顶巨大的皇冠。

那顶皇冠大得几乎是人的脖子能支撑的极限了。纯银的主体上镶嵌着如同星辰一样繁多的宝石，让整个皇冠看来似乎是由各色宝石堆积而成。四颗巨大的翡翠镶嵌在正面，组成一个花瓣形状。正顶端则安放着一枚硕大无朋的钻石。但刺客敏锐地注意到一点：皇冠的正面似乎有一个十字形的缺口——好像是有人从这个皇冠上挖掉了一块——露出纯银的核心。

王子轻轻地摸着这个价值连城的宝物。

"柯迪雅的皇冠，这个国家至高无上的权力象征。我从我的父亲手中继承到，但我却无法宣布我拥有它，无法把它戴在我的头上。"王子带着一个酒鬼摸着酒瓶的那种陶醉满足的神情抚摩着皇冠，但那只是一瞬间，随即变成了落寞，"你知道为什么吗？"

塞文·阿杰斯默默地站着，等待着王子的进一步解答。

"三十多年前，柯迪雅的皇帝死了，他没有儿子。在他死前，他将统治这个国家的权力移交给他的外甥，也就是我的父亲。但是，我的父亲只是暂时掌管，不对这个皇冠享有权利。二十八位国内最有权力的贵族和骑士，包括我父亲在内，聚集在一起，见证并且宣誓效忠皇帝的外孙，也就是皇帝的独生女安菲公主，她的儿子将拥有这个皇冠。而当时公主年仅二十二岁，刚刚定好婚事，尚未出嫁。

"公主在二十八岁那年生下了第一个儿子,但这个儿子在四岁时就夭折了。接下来的岁月里,公主一直没有生育,而摄政王的地位则由我的父亲传给了我。当我自己都认为我即将成为这个皇冠的真正主人的时候,我们的公主殿下在四十三岁的年纪生下了第二个儿子。你认为这可能吗?十五年没有生育,然后到了一个接近绝望的年纪的时候又生下一个儿子?这难道不是一个阴谋吗?今年,那个孩子已经十四岁,再过几个月就要成年。他刚刚结束了他的学业,正从北方向柯迪雅赶来。他将在柯迪雅接受成年礼和加冕仪式,然后享受他的血脉给他的权利,也就是说,来夺取我的一切!"

"我为这个国家竭尽全力,我日夜操劳,摒弃享受,全心务公,协调各种矛盾,让这个国家欣欣向荣(在他说这句话的时候,塞文·阿杰斯讽刺地微笑了一下),但结果却只能让一个除了血统什么都没有的小毛孩子夺取一切吗?我不能忍受这种事情!"

"所以你希望那个小孩死?我倒建议殿下您用军队来完成这个事情。找一队忠诚的士兵——这种事情对您来说不难吧?"

"不,不仅仅是死。不是简单的死就可以解决的。除了我父亲,其余二十七个参与宣誓仪式的见证人都还活着,他们中大部分,或者为了名誉,或者为了权力都会坚决地支持——起码在名义上支持那个孩子。一旦那个孩子死去,那么就是一场内战的开端。我就是首要的怀疑对象。很多人都希望那个孩子死。那孩子一死,然后我再被扣上凶手的帽子,他们就有机会染指这个他们本来毫无机会的皇冠。而其他的一些国家,那些柯迪雅毗邻的国家都希望看到这里内乱,好让他们得到趁火打劫的机会。"

"确实很有可能。"

"不是可能,而是事实。"王子从衣服的口袋里拿出一沓小卡片。看起来那是一副牌,但事实并非如此。这些卡片实际上是画像。从卡片磨损的边角可以看出,它们无疑是受到主人的喜爱,时常拿出来观赏摩弄的。王子拿出四张,放在桌子上。"南方的四个领主是坚决支持我的，即使爆发内战也一样。他们可以忽略不计。"他又拿出五六张，"这几位爵爷没有太大的野心，他们只效忠荣誉和忠诚。如果那孩子死了，他们的举动无法预测。也许是毫无反应，也许会起兵讨伐最有嫌疑的人。"

做完这一切后，王子手里的牌还剩余大半。数量约莫是他放在桌子上的三倍或者两倍。

"而这些剩下的都希望那孩子死。他们每个人都在招兵买马，收叛纳降，囤积兵力以备内战。不，我不是在表达我的软弱，即使这些人都加起来，在统一的旗帜下和我开战我也有把握击败他们。但我不能让柯迪雅被战争蹂躏。要是真的爆发内战，不知道要死多少人，而且死的人大部分是没有责任的平民和下级士兵。我不能做这种事情。"

"那么您的希望是？"

"这个是勋文伯爵，"王子拿出一张卡片，"一个十分凶残霸道的家伙。野心勃勃且愚蠢无比。他的领土远离柯迪雅中心，所以他成了土皇帝独霸一方，谁也无法管他，简直不知道天高地厚。如果那孩子死在他的领地里，这些人就找不到借口来向我发难。但在到达那里之前，那孩子绝不能死。"

"前半途当保镖，后半途当杀手吗？这倒真的是'一人分饰两角色'呢。"塞文·阿杰斯已经完全明白了雇主的意愿，"那么，这个麻烦的双重工作的酬劳呢？"

"第一个酬劳是你的生命，这个我已经预付过了。'剑刃'塞文·阿杰斯已经死了，从此没有通缉令也没有赏金猎人来找你麻烦。第二批酬劳我用黄金来支付。我的宝库为你打开三个小时，你能搬多少就是多少。"这个回答很具诱惑力。但一个经验丰富的刺客都知道鱼饵后面隐藏的往往是鱼钩。塞文脸上露出的笑容让人明白他绝对没有这么容易就被打动，"你答应吗？"

"拒绝的话，我的头大概是要跟肩膀分家，因为我听说您不喜欢公开的绞刑和火刑。我估计我会在黑暗中被处理干净，然后乱坟堆中就会多上一个无名墓碑。"

"十分明智。"

"但如果我是您，我会尽量地不让这事情在事后传出去——死人的嘴最可靠。"刺客并不掩饰地挑明了最核心的疑虑。

"你想怎么样？你只是一个死刑犯。如果没有我，你早死了。"在一边的牧师冷冷地提醒，"拖上火堆的是另外一个人的时候，你就应该谢天谢地。"

"你也没高明多少——需要去依靠一个死刑犯。"塞文回驳。他重新面对王子，后者已经收起他那个皇冠，"我想我们应该增加一点彼此的信任。我相信殿下会遵守承诺，正如殿下可以相信我将完成这个任务一样。"

王子沉吟了一下。刺客的顾虑他早有考虑，所以这段时间并不长。他拉了拉身边的一个摇铃绳，伴随着一阵响亮的铃声，一个身穿黑袍、干瘪枯瘦的老人像影子一样悄无声息地出现在房间里。

"一个魔法师？"刺客开始考虑这个老人是如何出现的。这个魔法师很明显一直待在附近，然而刺客却丝毫不曾感觉到这个魔法师的存在。这种想法让他全身肌肉都紧缩起来，不是因为惧怕，而是因为警惕。

魔法师鞠了一躬，随即开始他的魔法。一股能量随着他的咒语开始在这个房间里弥漫。塞文·阿杰斯转眼就明白这股令人窒息的能量的用处——他清楚地感觉到一阵穿透神经的冰冷触感。房间里所有人在这股能量下建立起一个共同的精神联结。这个联结并不稳固，不能通过它仔细地感觉别人的内心，但却可以稍微触及。塞文·阿杰斯听说过这个魔法，这个魔法可以让一切谎言都无所遁形。你可以保持沉默，但不可以说出谎话，因为说出来别人就知道话中的虚假。

"王子殿下，完成任务后，您将怎么对我？"这一次是塞文首先

发问。

"依照我的诺言，让你领取奖赏，然后让你滚到北方，永远不要再回来。"霍尔曼王子回答道，"但如果你失败了，你就会在黑暗中被处决掉！"

"好的，那么我将去完成任务，让那孩子不再是您皇冠的威胁。"

"为了保证他能够完成任务，殿下，我建议我们应该给予必要的帮助。我刚刚实验成功了一种新的毒药。非常有效的毒药。"魔法师用一种令人感到恶心的嘶哑嗓音建议。

"毒药？这确实是个帮助。如何，塞文·阿杰斯？"

塞文弯腰鞠了一躬，没有费神去拒绝这个多余的建议。剑锋直接刺进心脏的时候，有没有毒，或者毒性烈不烈根本无关紧要。

宫殿的地下室一片昏暗。霍尔曼的魔法师把实验室设置在了这里。此刻刺客和牧师一起在实验室里观看着魔法毒药的炼制过程。

"小王子身边有强大的护卫，整整一个中队，五十名身经百战的骑士。而率领他们的则是汤马士爵士——你一定听说过，他是在二十年前兽人战争中斩杀了兽人王而成名的英雄——任何试图接近小王子的行为都不可能逃过那个老人的眼睛。那个老人的布置无可挑剔，单身刺客去行刺是死路一条。"牧师一边说话一边看着从锅炉中升起的乌烟瘴气。三名黑袍法师正在这个实验室里忙碌着，他们把不同的材料丢进锅里，每次新材料的投入都会导致一股不同颜色的烟雾升腾起来。

他们在为刺客调制特殊的毒药。见血封喉、无可救药的剧毒。这种毒药只需要在人类身上弄一个小伤口，甚至是没有出血的小伤口就可以杀人，起码魔法师们是这么介绍的。

塞文微微一笑，没有对牧师的断言加以反驳。

"所以你不能待在暗处伺机而动，而是必须光明正大地加入到他们的队伍。具体地说，你不能主动找上门去毛遂自荐，而是由汤马士自己来邀请你加入。"

"你说汤马士会需要一个陌生人帮忙?"

"如果他手下覆灭的话,他会这么做的。一个见义勇为的过路战士……任何一个人都会认为这种人值得信赖。我们为你能顺利加入到王子的护卫队伍而安排了一出精彩的戏。但那只是开始,剩下的剧本要依靠你自己来编写。"

"那么剧本开始的地点呢?"

"北方的一个小镇,名字叫狄雷布镇。一个很普通的山区小镇。"牧师漫不经心地回答。在他报出这个名字的时候,丝毫没有发现塞文的眼睛里迸发出一股令人胆战的利芒。

一个怪声暂时打断了对话,魔法师们正小心翼翼地把塞文的剑伸进锅里。难以形容的火星在剑刃上闪动着,仿佛在锅里沸煮的不是药水,而是一锅雷霆。当剑被整个浸入药水的时候,一阵刺耳的嚎叫声从锅中升起,一瞬间一个清晰可辨的冤魂挣扎着离开铁锅,带着不甘愿的神情消失在空气里。

"没有什么东西可以抵御这剑上所淬的毒的。"当魔法师把剑还给塞文的时候如此宣称,"这毒伤害的不是肉体,而是灵魂。"

他们走出这阴暗昏沉的实验室,地下室的出口附近就是皇家马厩。四匹装备齐全、精神抖擞的良种马正在马夫的牵引下等候差遣。牧师和刺客各自骑上一匹马。他们将离开这里,到北方的一个小镇,一个除了强盗和土匪外毫无特色的山区小镇。那里是他出场的舞台。

一切都已经安排好了。

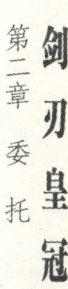

第三章 私 事

根据一个不知道从何时开始的传统，狄雷布镇一直是柯迪雅统治者控制范围的一个界碑。也就是说，这个小镇既不是某个贵族的私人领地，也不是霍尔曼王子所建立的秩序的控制范围。它就好像一个弃儿，被母亲遗忘，只能蜷缩在山谷和狭道中苟延残喘，而且难以置信地发展成一个颇具规模的城镇。不错，这里有首都直接任命的总督，但总督对这个城市的控制绝对不超过一半的时间。毫无疑问，日落之后这里就无法律可言，从太阳落山那刻起，所有隐藏在白昼阴影里的怪物就开始恣意活动，阴郁、贪婪、阴险、怯懦、放纵和野蛮共同交织成一曲危险而残忍的舞蹈。

每天都有一些鬼鬼祟祟藏头露尾的人抵达这个镇子，但到了夜里，差不多有同样数目的人永远消失。

很多地下组织在狄雷布镇建立了自己的基地——这已经不是什么秘密。这个镇子的外貌和它的内在十分和谐。初来乍到的人几乎无一例外地迷失在它杂乱无章的道路里。很明显，这里的规划出自最少十个毫无关联的部门，因为一条宽敞的大道往往半途遭遇一堵高墙，小径则总是习惯性地绕几个不必要的大转弯。从镇外的小山看进去，会觉得这个镇子如同一团乱七八糟的纱线，各种各样的建筑和道路毫无章法地交织在一起。

乱麻一样复杂的道路中隐蔽着数不尽的污秽。从小酒馆的窗口中时常可听到暧昧的号叫和呻吟。呕吐物和可疑的暗色痕迹遍布街头巷尾，怀里揣着淬毒匕首的鬼祟人影不时地闪现。这个城镇仅有的秩序时间是总督的卫队巡逻经过的时候——一天也就那么半个小时。

黄昏时，塞文·阿杰斯抵达了狄雷布镇，作为这一天白昼的最后一个小时，最少有二十双眼睛偷偷地看着这两个陌生人在卫兵的殷勤接待下走进总督府邸。

"两天，两天后他们的队伍就会在镇子的附近经过。"牧师指着地图介绍情况，"一批强盗在这里袭击一支看起来是护送贵重货物的队伍——这种事情在此地司空见惯。然后一个英雄出场，在危急关头拯救了危险中的队伍。"说完一切后，他看着面前的两个人，塞文和另外一个穿着盔甲的军官。这两个人就是这出戏的主要演员。塞文看着地图边的大蜡烛，而那个军官正满脸谄媚地看着牧师。

"这位是希莱队长，这位是塞文，塞文·阿杰斯。"牧师的眉头皱了一下，"希莱队长，一切都准备好了吗？"

"当然，现在整个镇子都在我的控制之下。"希莱谄笑着回答。平心而论，这个叫希莱的男人长得不算难看。但他脸上那种拙劣的特意讨好的表情却让人不能不感到恶心。牧师把他的目光从希莱身上挪开。

塞文冲自己未来的搭档装出一个笑容，没有费神去揭穿他的谎言。想要控制这个充满坏蛋、刺客和恶棍的城镇需要一双神或者魔的手，也许要求还会更高。

"那么一切拜托了。事成之后，王子殿下绝对不会忘记您的一份功劳，希莱队长。你知道他是一位慷慨的君主。"

"请您尽管放心，一切都交给我好了。长途跋涉您一定累了，我已经为您准备好了很舒适的房间，请您放心休息，等我的好消息吧。"

塞文走出房间的时候，毫不意外地看到牧师正在庭院里等他。

牧师身上换上了一件银色的锁子甲，但空着手。这其实无关紧要，刺客知道只需要一声高喊，这个庭院立刻会汇集超过三十个武装的士兵，也许有一百个。牧师的目光警惕地看着刺客。塞文身披黑色斗篷，斗篷里是红黑两色的外衣。他那把被魔法师们仔细淬过毒的长剑正挂在他腰间。从这个打扮就知道，塞文并不是打算休息前出去小小地散一下步。从他斗篷鼓起的位置就可以知道他带了一个不小的行囊。

"这么晚可不适合一个人出去夜游。"牧师低叹了一声。

"有些个人的私事。"刺客平静以对。他此刻才发现自己尚不知道牧师的名字，"天亮之前，我就会回来的。"

"但是……"

"你选择了我，难道对我这么没信心吗？那孩子不会是皇冠的威胁，我曾这么允诺过。我的信用就是我允诺的保证，难道你以为我会因为屠杀一个小孩子感到反感？"

牧师默然地让开路，看着刺客消失在门口。

狄雷布镇的街道如同蜘蛛网一样连绵细密，而黑夜更可以让在这里生活了一辈子的人迷失在这些混乱的道路里。刺客把自己的身体隐藏在黑斗篷里，潜藏在建筑物的阴影中，快速前进。迷宫一样的道路对他来说不是威胁。在他生活的早年，主要是为了生存而奋斗的时候，他学会了警戒周围发生的所有事情，观察每个最微小的细节。他早已经培养起本能的第六感。即使被蒙上眼睛丢在一个荒凉之地，他都能在很短的时间内弄清楚他站在哪个地方。

一阵似乎是垂死的嘶喊声在小巷上空飘荡了一阵。听起来是某个外地人鲁莽地跟着一个看起来很乖巧的小女孩跑进了某个小巷的最深处。塞文并未止步，这些声音他早已经听惯。他生命中很长一段时间就是在这个镇里度过的。一个人要是没有照顾自己的能力就不应该出现在这个城镇里。他的脚步轻快，身体如同一片流动的阴影一样迅速地前进，一直到一堵高墙下才停下脚步。他从行囊里拿出

一根一头装着铁钩的绳子，借助这个工具毫不困难地爬过了墙。

墙后是一个颇大的庭院，中间则是一间三层的楼。庭院一侧可以听到马厩里马匹的动静——这一点就可以证明这里是个客栈。这个客栈以高墙为掩护，大门紧锁，想以此抵挡外来的威胁。但这并不能阻止这个深夜来访的不速之客。塞文并不费力地就来到三楼。他对这栋房子内部情况了如指掌，闭着眼睛也不会踏错哪怕一层阶梯。整个房子里的人都已经睡着了。刺客很安静地走到右边最后一个房间，用藏在墙上一个小孔中的钥匙悄无声息地打开房门。刺客闪进门，然后立刻把门反锁。

房里的主人睡得并不踏实。关门的声响足以惊醒他。"谁！"一个喝问声传来。作为回答，刺客点亮旁边的一盏油灯。油灯虽然不亮，但足以让房间里的两人彼此看清楚对方。

"塞文……"房间主人的表情刹那间变成煞白。即使现在出现在他面前的是无底深渊的魔鬼大军都不能使他更惶恐了。

"是我，老朋友。"

主人强作镇定地翻身下床，开始穿衣服。但谁都能看出来他的手在哆嗦。塞文没有阻止对方的一举一动，而是饶有兴趣地看着这拙劣的表演。

"这么晚来干什么？需要晚餐吗？我记得厨房里还有一些剩饭……"

"我已经用过饭了。"

"那么是又来借我的三层地窖过夜？算了，看在老客户的面子上，我只收你一半……"

"够了。"塞文平静地说道。但这个平静的声音在主人听来却无异晴天霹雳，因为他身体一哆嗦，连穿了一半的衣服都掉到地上。他没有时间再去顾及他的衣服，而是用一种惊恐的表情看着刺客的手慢慢伸向腰间。

"你把我卖了多少钱？"塞文的手握住剑柄，同时问道。

"你……你说什么啊……"

"我说,你把我卖了多少钱,黎留斯?别告诉我你什么都不知道。"

"等一下……等一下……听我解释……"

刺客的动作迅如闪电,膝盖猛烈地打在旅店主人的小腹上。黎留斯的身体像虾一样弓了起来。在塞文退去后,他的身体不受控制地跪倒在地,胃里的食物翻腾着,从他嘴中涌出来。他的五脏一起剧烈地抽搐,在回应那瞬间打进体内的惊人力量。三四分钟后,他才能够重新挣扎地抬起头,看着面无表情的塞文。

"我价值多少钱?"塞文从腰里抽出那把剑,剑锋上的寒光在黎留斯的眼里无异死神的正面召唤,"除了你,没人知道我离开的时间和路线。"

"等一下……听我说……我不想那么做的……但他们……"旅店主人黎留斯绝望地步步后退,一直到靠上墙为止。他狂乱地做着手势,竭力想要把心中的恐慌驱逐出去,"他们抓住了我女儿,威胁我要杀了她……"

塞文举起了剑,眼里闪动着危险的光:"所以你出卖了我?以我的生命交换你自己家人的安全?"

"求求你……"黎留斯跪了下来,如同祈祷一样举起手,"我没有办法……那孩子除了我,世界上没有其他亲人……我必须保护她。她母亲死了后,我一直把她放在外婆家……从来没有人知道她……"他剧烈地喘息着,眼睛里已经看到了死亡的阴影。塞文所追寻的猎物从来不曾有过一个漏网。这个男人表面上是一个杀手,实际上是一头丛林豹。当他无声地接近猎物,然后蹿出草丛开始追击的时候,他的猎物实际上已经被判了死刑,"而且你是塞文……从来没有人可以抓住你的……"

"我真希望你说的是真的。"塞文的脸上浮现一个微笑,那微笑中满是杀意,"但事实上我被抓住了,因为你的出卖。"他大腿肌肉猛

烈地缩起来，如同弹簧一样把能量压制到爆发的极限。只需要一跃，他的剑就可以立刻刺穿面前这个男人的胸膛，万无一失地直透心脏。

从来没有人能闪过刺客的致命一击。

一声轻微的响动从一侧暗门处传来，轻微得几乎让人无法察觉。塞文转过半个头，昏暗的灯光照出了门后那个小姑娘苍白的脸庞。

"快走……"勇气突然回到了黎留斯的身上。他冲门后的那个小姑娘大喊了一声，然后勇猛地、同时也是鲁莽地冲向刺客。他不是指望能打倒这个刺客——而是指望能够拖延一点时间，一点可以容许人在黑夜里逃跑的时间。不幸的是，即使这个他也没能做到。塞文的脚步侧移，同时披风猛转，罩向黎留斯的脸，把这勇猛的一扑变得毫无威胁。他弯过剑，用持剑的那只胳膊的手肘狠狠地击中黎留斯的右太阳穴，把他打倒在地。

那个小姑娘亲眼看到父亲是如何被打倒的。虽然她年纪还很小，但在这种城镇长大，暗杀和死亡对于她是绝对不会陌生的——即使不曾亲眼目睹，起码也时有耳闻。一个隐藏在黑色披风中、手持长剑的男人，在一个夜晚偷偷造访——这完全符合街头巷尾流传的故事情节，虽然事实上也就是如此。

小女孩跑过来，跑到父亲一动不动的身边。塞文刚才这一击只是导致短暂昏厥，而没有其他的后果。旅馆老板睁开眼睛的时候，看到的是在身边、扶着自己头的女儿和不远处冷冷看过来的塞文——"剑刃"塞文。

黎留斯很清楚这个名字的由来，会被冠上"剑刃"这样的绰号，本身就很形象地说明了这个人的风格和力量。这个男人初出茅庐的时候，他就认识他了。在这个镇里开店，本来是一件十分费力且危险的工作，但黎留斯做得很好。事实上，他在这里获得了一个光辉的名号和一份十分可观的家业，而且没有引起任何人的猜忌和嫉妒。他绝对中立，从来不曾偏向某个组织，也绝不得罪某个人。即使是那些潦倒失意的人也不例外。他的嘴以紧密可靠著称，从来不漏出半点

秘密。他的旅馆永远慷慨地提供给任何人，而总督的卫兵走进来的时候总是能得到殷勤的招待和偷偷塞过去的一个小钱袋。这种种手腕和规矩让他得以在这个地方十分安全地待下去，而且让他知道和认识了很多的人。

"剑刃"塞文就是其中一个，而且是极其可怕的一个。但在此前，他和塞文的关系十分融洽，甚至可以在一起围炉闲谈。他们的关系已经超过了普通的旅客和店主之间的关系，他们更像是合作伙伴，甚至比合作伙伴更进一步。如果一切按照这样发展下去，也许有一天他会得到一份在杀手中比钻石更珍贵的东西——友谊和信任。从另外一个角度来讲，他已经得到了"剑刃"塞文的信任。

如果一切按那样发展下去的话。

"不……不要伤害她。"黎留斯绝望地看着杀手那冷漠的目光，"她完全没有任何……关系……"他停顿了一下，似乎意识到这样的理由根本不足以说服一个杀手——一个杀手是不会放过目击者的，"他还是个孩子……求求你，不要在她眼前做这种事情……"

一阵苦涩的味道沿着食道流进塞文的嘴里。这个先前背叛他的人此刻如同一条蛆虫一样在他面前蠕动乞求。他只需要把剑向下那么一送，这个人立刻也会像条蛆虫一样消失掉，然后还有他的女儿。而正是这条蛆虫曾经不止一次地在桌子边和他称兄道弟。这种想法让他感到恶心。这个男人本来已经打算像个懦夫一样服服帖帖地去死了的，但因为他的这个女儿，他就重新变得勇猛起来——这从侧面说明了这个孩子的重要。塞文抬高了一点自己的剑，不是对准那个已经无力挣扎的男人，转而对向他的女儿。

"不……求求你……"黎留斯看到了杀手目标的转移，他挣扎着想爬起来，但刚才一击让他动弹不得。塞文的剑微微抖动了一下，吓得旅馆老板哭出声来，开始不清不楚地乱喊一些乞求饶恕的话。

那个女孩——她无论从哪个角度来说都还只是一个孩子——瞪大了眼睛看着杀手手中冷冽的剑锋。她可能是吓傻了，嘴大张，却只喊着一个毫无意义的单纯音节,如同一个哑巴。

"她什么都不知道……她不能说话,什么也不会说出去的。"

"哑巴?"塞文仔细地看了一眼这个女孩,她确实是一个哑巴。是的,她很安全,她无法讲述凶手(如果塞文真的那么打算的话)的姓名和长相。她连目击者都算不上。而这样一个无用的女孩在黎留斯的心里却是无价之宝。这个想法让塞文一阵释然。

他慢慢地收起剑。旅馆老板睁大了眼睛,几乎不敢相信自己已经从死神的笼罩下逃脱一条命。不,这并非宽恕,杀手自己知道这不是慈悲。就这样一剑杀了他实在很容易,但他又得到了什么呢?复仇吗?他所遭遇到的一切仅仅一剑就可以得到补偿?他面前这个人只是一个可怜虫,一个谁都可以威胁的家伙。他已经破坏了自己规矩。从此以后,任何一个人都不会把自己的秘密透露给黎留斯,那些过去犯过这种错的也会立刻采取措施让他永远闭嘴。因为任何人都可以通过那个小女孩来胁迫他说出真相。这个城市里所有的组织都知道了这一点,或者很快就将知道这一点。从现在开始,黎留斯不是过去那个中立而可靠的黎留斯,他不是一个缓冲,而是变成了一个阻碍。

会有人移去这个阻碍的,而且做得一定比"剑刃"塞文干净利落彻底。在这之前,就让这个男人在恐惧和失落中苟延残喘吧。这远比直接一剑刺下去更可怕。

塞文退向房间的门,身体包裹在黑披风中,融入四周的阴影。一阵夜风从窗外吹来,把房中那摇曳不定的油灯吹熄。四周重新陷入沉寂,黑夜的沉寂。遥遥似乎有一声大喊响起,但很快便消失在无尽的空旷中。

黎留斯爬起来,看着紧锁着的房间的门,几乎以为刚才只是一个不愉快的梦。

塞文回到住所的时候,牧师正在那里等他。

"你终于回来了。"牧师看着塞文的脸,想从他那毫无表情的脸

上找到一点征兆。塞文脸色阴沉，眉宇中有一分黯然。他身上并没有任何血腥味。这意味着他这次夜出并没有用剑去交谈——即使他用过了武器，那牺牲者也很有限。这样应该是不会带来任何的额外风险的，"我不希望在我们计划进行的时候还有这些意外来打搅你。"

"是的，办完了。"塞文回答。他的眉头一扬，展露出一双冷静、凌厉而富有神采的眼睛，直视着牧师的双眼，"我没有其他杂事了。"他走过牧师身边，消失在走廊的转弯处。牧师这才惊觉自己双手刚才居然握拳握得紧紧的。这仅仅为了塞文的一瞥。

这个男人被称为"剑刃"绝不是偶然，牧师喃喃地告诉自己。

希莱队长办事井井有条。第二天早上，他们就混在一队离开狄雷布镇的队伍中离开了这个镇子。他们沿着山间小道前进，经过一整天单调无味的路途后，他们来到了一处群山纵横的交界地带。这里林深草密，一条宽敞的道路如同一条腰带拦腰穿过这片山谷。这条路被称为收税官大道。每年冬季开始的时候，柯迪雅统治者就会派出他的资深税务官们，从这条大道前往北部各个领地收取该年的税款。而这些税务官身边永远都跟随着足够数量的骑士和士兵——这并不是一条安全的道路。

"汤马士十分自信，而且他也确实有自信的资本，他手下有整整五十名装备齐全的骑士。他一路没有隐藏行踪，而是光明正大地保持着匀速一路南来的。"希莱队长向塞文和牧师介绍，"他按照军人古板的规矩行军，每天天亮起程黄昏安营，所以他明天这个时候就正好经过这一带。而我已经把这个消息传播给有野心的人了。"

"你说你把情报泄露出去了？"牧师惊讶地问。

"是的，大人。"这位急于升官的军官用热烈的目光看着脚下。他们现在在一个山头上，远远地可以看见那片预定作为舞台的广阔山谷。虽然相隔如此之远，他们依然可以看到不少人正在路上行走，但人多得有些不同寻常。"那些人中最少有一半是'踩地头'——也就是强盗的斥候。他们对小王子的微妙处境所知不多，但对小王子的

赎金价格却下了很大的工夫来研究。"

"你想借强盗的手袭击汤马士？难道你手下数量不足吗？霍尔曼王子殿下已经给了你足够的军队！"

"大人，请容我解释。汤马士是一个十分危险的对手，他经验老到而且目光敏锐。一旦发现和他交战的敌人并非普通的强盗——我对我的士兵战斗力很有信心，但他们的表演能力确实难以保证——他可能就会做出一些额外的行动来增加我们的危险。所以，让一些真正的强盗出场可以大大降低这种危险。我没有把我的士兵隐藏在路口，而是隐藏在那边。"他的手向远处一个位置一指，"那些强盗们失败后就一定会向那里溃逃，而汤马士的部下追过去的时候，他们就掉进天罗地网里了。然后，另外一队强盗将袭击小王子所在的马车，于是，"他向一边的塞文做了一个手势，"一个过路英雄适时地出场。"

很详细而周密的计划。塞文看着这片注定要被新的鲜血浸染的土地。他突然想到：强盗们对小王子的处境并不太了解，那么那个负责保护小王子的汤马士呢？他是否知道？

"对了，汤马士对我们很重要。可能的话尽量让那个老人活着，他的证言是一个让霍尔曼王子摆脱嫌疑的非常重要的要素。"

"请您放心，大人。这一点我的部下一定会做得很好的。"

第四章　见义勇为

　　他们在这个观察位置很好的山头安营，度过了这一夜晚。这一晚上并不平静。也许因为事关重大，希莱队长布置得十分谨慎。他让自己的军队伪装成不同的身份，分不同批次偷偷地抵达这里。每一个士兵都经过很彻底的伪装。他们的盔甲都是磨损过的，他们的武器也换成了五花八门，即使是同样的武器也故意使用不同规格。这些人趁着夜色静悄悄地来，然后组成不同的队伍，再次趁着夜色静悄悄地离开。塞文躺在帐篷里，单从声音就判断出最少有七八批人马在这个夜晚赶来接受希莱队长的调度。

　　塞文没有关心希莱队长的种种运筹帷幄的动作，这些都和他毫无关系。牧师和他一起待在帐篷里，神色紧张而敏感，和刺客漠不关心的态度形成鲜明对比。如果是一个好奇心重的人，也许会揣测一下这个牧师和霍尔曼王子之间的关系，但塞文并非这种人。干这行当都明白好奇心绝对是一个多余而有害的东西。当他最终厌烦了外面的声音的时候，他闭上眼睛，进入了梦乡。

　　第二天上午，他们再次来到山顶的观察位置。一切情况都如同昨天一样，只有路上行人明显减少，事实上，大路上空无一人。路边都是适合隐藏的灌木和树林，所以牧师、塞文，还有希莱队长都看不清楚到底有没有勤勉的好汉在这些地方埋伏。同样的情况也适用于这三个人。靠了山头的树木和杂草的掩护，那些人也是无法发现他

们这三个观察者的。

牧师一夜未眠,脸色苍白,神情疲倦,眼睛里却透露出异样的亢奋。他死死盯着大路的尽头,用期待和紧张这两种矛盾的心情等候着小王子的车队出现。前面已经说过,希莱队长对于汤马士一行人的前进速度进行了仔细的调查,所以十分肯定他们将在上午八九点钟左右出现在这个隐藏了阴谋的谷地。即使如此,他还是选择了早晨六点就开始在山头期待这个决定了他的仕途的时间的到来。

希莱队长的判断很准确,准确到分毫不差。当沙漏钟指示时间过了两个小时的时候,遥遥的一行队列出现在视野的极限之处。当那个队伍略微前进了一小段路后,一切就毫无疑问了,那定然是小王子一行。一个商队是没有理由只有一辆车却同时拥有几十名骑手的。

那个队伍一路向前,沿着长长的大道直穿谷地。站在塞文的位置,看起来好像一条小虫蜿蜒爬行在一根扭曲的树叶上。他们越来越近,已经可以清楚地看到那些骑士们银色盔甲所反射的太阳光了。这个队伍速度不快不慢,保持着节约马力的匀速,一路爬过收税官大道。

他们已经抵达谷地的中央。四周十分平静,看不到任何不协调的动静。队伍的领导者也许意识到地形险恶——四周环山且树木丛生,正是一个十分合适的伏击阵地。整个队伍的速度明显加快起来,队形也更紧密,团团地把那辆马车包围在中心。

牧师的双手抓住了胸口的圣徽,嘴里喃喃念诵着听不清楚的话——也许他在向自己的神祈祷吧。可是接受他祷文的到底是战神(他宣称自己是战神的牧师)还是暗杀之神呢?塞文有些恶毒地想道。

队伍已经走过预定地方的三分之二了,什么都没发生。走过四分之三了,还是什么都没有发生。已经只剩下五分之一不到的路程了,还是什么都没有发生。他们眼看着就要平安地穿越谷地了,依然

什么都没有发生。

大滴的冷汗沿着希莱队长的鬓脚冒了出来。他和牧师一样低声地喃喃说话，不过不是祈祷，而是咒骂。看起来他自以为万无一失的布置并没有那么完美——因为他很清楚地显露出惊慌失措。不是在脸上显露出来——在脸上他依然很平静——而是在双眼中显露出来。

整个骑兵队伍的前哨已经抵达谷地的尽头。牧师咬紧了牙关，用凶猛的目光看向希莱。希莱装作没有注意到牧师的目光，故作镇定，然而他的额头已经被汗水浸湿了。

变故就在那一瞬间爆发。无数的弓箭突然从树林里射出，一些马被射中，不受控制地嘶鸣跳跃起来。两三个骑士措手不及之下被摔下战马。紧随着这个出其不意的攻击，大批的身影从旁边的树林中冲出，数量在护卫部队的两倍以上，一边射箭一边猛冲过来。

塞文的目光暂时从这混乱的一幕离开，转而观察他的两个同伴。牧师无意识地抓着胸口的圣徽，僵硬地站着，而希莱则露出兴奋的神色，不自觉地张大嘴巴，像一头狼一样露着舌头微微喘息着。刺客把目光移回战场，胜利的天平已经发生了明显的倾斜，从攻击者的手里悄悄溜走。进攻者依靠优势的人数想把对手冲散，然而他们的对手却绝不简单。那些骑士们虽然遭遇突袭却并不慌乱。他们迅速地组成作战队列，秩序井然的程度和他们敌人的混乱程度正好形成对比。每个骑士都穿着铠甲，弓箭对他们的威胁不大，转眼之间，在小山上三个人眼里，这场战斗已没有悬念可言了。强盗们狂喊着冲上去，但在骑士们有序的战列前只是白白送死。战斗依然在继续——如果这些强盗是统一的，而且是有组织地进攻的话，会让这场战斗更精彩一点。

不过这样的程度才符合他们的需要。

"我该走了。"塞文转身离开——他已经不需要再看下去了。舞台已经搭建完成——现在轮到演员出场。

塞文怀着轻松的心情一路滑下山坡,走上大道。不管从哪个角度来看,他都是一个普普通通的长途旅行的旅客。他身上穿一件半旧的淡灰色上衣,外披一件常见的绿色旅行斗篷。这件斗篷因为穿戴过久,已经失去了原来的色泽,变得灰蒙蒙的。他的身上带着一把剑——这也是常事,长途旅行者总是带着武器以防备万一的。他的脚穿着一双廉价的鹿皮靴子——他的全身就只有这双鞋子还算新点,也许是在前方某个城镇刚刚买来换上的。

无疑的,这个风尘仆仆的旅行者,名字叫塞文·阿杰斯的男子只是一个偶然路过对四周一无所知的过路人而已。他沿着大道向前,轻松的脚步中还夹杂着几声不成调子的哼歌,一副无忧无虑的模样。

这条路不长也不短,大概半个小时左右,他已经能够看到谷地的入口了。正如事先所预料到的,一阵战斗和喊杀声传来。于是旅客塞文,正如一切有好奇心的人一样,向前跑去,想去看看这个声音的来源。

他所看到的正是一个故事书中常见的抢劫画面。五六个蒙面强盗正在进攻一辆马车。马车的护卫,一个身披盔甲的骑士,一个人被三个人团团围住,喊杀声和武器碰撞声就是从这里传出来的。就战斗形势而言,那个骑士一比三还占了上风,但他却无法阻止另外两个强盗接近马车。一个强盗牵住拉车马,正在试图把马从马车上解下来,另一个强盗则抓着车厢把手,正试图爬上马车,车里一个女人正拼命地用脚踹他,想把他踹下去。在稍远的地方,另外一个强盗(他明显是首领)观看着这一切,同时正在给他的弩弓上箭,准备支援他的同伴。如果没有意外的话,一场悲剧马上就要上演了。

如果没有意外的话。

塞文冲上前去,那个端着弩箭的首领立刻发现了他。他立刻把上好的弩箭对准了这个新冒出来的不速之客。塞文也剑拔弩张。他沿"S"形路线前进,同时丢出左手中的一块小石头。他不是想用这石头击中对方——虽然对于"剑刃"塞文来说这不是难事——只是

想干扰对方的瞄准，因为他现在只是个普通的旅行者。强盗首领射出了他的弩箭。塞文甩开他的斗篷，让斗篷抖开掩盖在自己前方，并用剑柄挑着遮蔽自己的身形，身体则弯下。弩箭呼啸着穿过斗篷，塞文则继续向前冲，扑向那三个和骑士打斗的强盗的后方。

那三个家伙注意到身后的袭击者。塞文以毫厘之差闪过迎面的一剑，那剑锋就在他耳边擦过。塞文克制住自己一剑刺穿对方脖子的冲动，转而用脚猛踢对方的小腿。那个强盗失去平衡，摇晃了一下，接着一柄巨剑的剑尖从他的胸腔冒了出来。塞文听到了空气从体腔挤压出来的声响。

刚刚还处于匀势的战斗一下子转了过来。护卫骑士刺倒一个强盗后，立刻向另外一个进攻，他一剑猛劈，在躲闪不及的强盗胸口留下一道巨大的伤口。他没有给那个强盗最后一击，而是回头面对剩下的一个。最后一个强盗看到形势不对——他同时面对两个方向的进攻，于是他选择了后退。在不远处，那个强盗首领已经再一次上好了弩箭，目标还是塞文。

塞文的动作轻快得如同一只猫。他弯身斜冲，直冲向马车。原先两个想抢劫马车的强盗已经松开了手，转而拿出武器。强盗首领的箭射了出来，弩箭呼啸着刺进马车车厢的木板。另外一边的战斗已经分出胜负，后退的强盗被骑士追上，几乎被一剑砍成了两半。

"缠住他！"强盗首领下令。两个强盗从左右两边包抄向塞文，迫使他暂时后退。强盗首领跳上马车，坐在车夫的位置。那个车上的女人还在尖叫个不停，强盗首领顺手把自己的剑从那女人的嘴里刺了进去。这完全只是因为嗜血的冲动，因为即使他不动手，那个女人也无法阻止他——那个女人吓得动弹不得了。完成这个杀戮后，他抓起了缰绳。"驾！"他用力地舞动着缰绳。

"快，不能让他们跑了！"远处的骑士狂喊着跑了过来——他的脚步颠簸，明显腿上早已负伤。看到老大已经得手，另外两个强盗彼此对视了一眼，立刻中止了这场已经毫无意义的战斗——他们分两

路向树林中窜去。

塞文向着车轮飞速滚动的马车追去。强盗首领疯狂鞭打着马匹，让马车快得像一阵风。塞文追出几步就确定自己不可能追上。于是他换了个方向，向一侧的树林里跑去。他抄直线近路，像一头鹿一样敏捷地跳过碍事的石头和灌木丛，等他冲出树林的时候，那辆马车正好在面前驰过。塞文飞身扑起，抓住马车的后端——那一刻他看清楚了车里的情况：那个女人仰面躺着，头胸满是鲜血，而马车一角则有一个十三四岁的孩子，侧躺着，脸色发白，两眼紧闭——他已经昏迷过去了。

马车跑得飞快，但那一瞬间塞文跟上了这个速度。他的双手抓住车板，单凭胳膊的力量把自己整个身体拉上车。强盗首领还在拼命打马，完全没有发现死神已经来到身后。

"停下来。"塞文贴耳低语道，长剑闪现在临时马车夫喉咙之上。

"别……"钢铁冰冷的感觉从强盗首领喉咙的位置传来，让他的声音变得结结巴巴。他的手停止挥舞缰绳和皮鞭，于是马车越跑越慢，"这……只是演戏……一场戏……"

"一场戏？"塞文看了一眼身后那个被杀死的女人的尸体。死亡可不是戏，而那些射向他的弩箭也绝对朝向要害——实战中是不可能演戏的——除非是两个格斗大师表演给一个什么都不懂的傻瓜看。他的声音里充满冰样的寒意。

"是的……我扮演一个强盗……上面说清楚了，让我像一个真的强盗那么做……该怎么样就怎么样，不能放水……"他的脸抽动着，竭力露出笑容。然而恐惧是那样深地侵入他的内心，他的笑比哭还难看。

"你说得对，"塞文微笑着回答，"一场戏，而我则是一个见义勇为者。"他的剑顺势一抽，划开了半个喉咙。左手则把这个尚有余温的尸体推下车，"我也不会放水。"他说道，不过那个人已经听不见了。

第四章 见义勇为

塞文控制住马车，然后把它掉了个头向原路回去迎接那个腿上负伤的骑士。那个人在受伤的情况还可以一挑三稳占上风，绝对不是个普通人。

这里有必要说明一下，塞文离开那个观察的位置后到底发生了什么情况。正如先前富有远见的希莱所预料的，经过一场激烈的战斗后，那些混乱不堪的盗匪被击溃了。他们死伤惨重，剩下的也失去了斗志，开始溃逃。骑士们开始了追击。他们兵分两路，一部分骑马从树林中比较空旷的位置前进，想绕到溃逃的敌人前方，另外一批（都是在战斗中失去坐骑的）则徒步紧紧跟入树林追赶。而剩下的唯一的骑士——是谁自然不用多说——则保护着马车从这个混战的杀场离开，快速前进。只要这些土匪强盗在战斗中表现得稍微好一点，溃逃时稍微有秩序一点，也许这场追击就不会发生。当然，这只是也许。

追击溃逃敌人的骑士们的结局——先前我们睿智的希莱队长已经安排好了。而他的安排，毫无疑问就和前面的情况一样天衣无缝。那辆保护着关键人物的马车，在骑士们开始占据明显的优势但还没有最后胜利的时候，就由最强的骑士——也就是在汤马士本人的保护下快速地突破包围，跑到前面，以防止绝望的残匪伤害到马车和马车里的人——混战中，特别是战斗的最后时刻这种事情是难以避免的。而汤马士已经判断出敌人的实力，他的部下完全可以应付这帮乌合之众。

在跑出一段距离后，汤马士就放慢了速度，等待自己胜利的部下们追上来。就在这个时候，一批山贼意想不到地出现了——到底是意外的呢，还是早有预谋，又或者只是先前那些土匪中漏网的一批——但这些对汤马士都没什么差别了——突袭了马车。接下来的事情就是前面所描述的一切了。

塞文把马车向回赶了一段路，大概就是距离那个袭击现场一半的路左右就遇到了汤马士。他有些惊讶骑士腿受伤了居然还能跑得

那么快。塞文把马车停在他身边，汤马士连声"谢"都没有说就赶紧爬上马车。他跨过那个被强盗杀死的女子，抢步上前，扶起那个先前塞文看到的昏迷的孩子。

"殿下！殿下！"他急切地呼唤，深恐这个孩子在刚才的战斗中被土匪伤到了。幸好这个担忧并未成为现实，小孩本身只是被吓昏了而已，在他的怀中苏醒了过来，因为惊恐而显得异常苍白的脸上也恢复了一点点的血色。

"汤马士叔叔……"他低声地喊了一声。虽然声音衰弱无力，但足以打消汤马士心头的阴云。一切似乎都没那么糟糕，小王子殿下既然安然无恙，那么一切就都没什么了。他放下这个孩子，让他平躺在一个软垫上，转而面对下一个重要问题——这个见义勇为帮了他大忙的陌生人。

"年轻人……"汤马士开口说道，他的这个称呼倒很实际，因为就外表看来，他比这个见义勇为的过路人年纪大了不止一倍。塞文静静地等待着他的下文，同时脑子飞速运转，考虑一个见义勇为者应该如何面对这种情况。汤马士踌躇了一下，一时不知道该如何表达自己的感激："很感谢你……"

"我只是做了我应该做的。"塞文回答，他跳下马车，如同一个充满正义感、路见不平拔刀相助的侠士一般，作出打算要离开的样子。当然，他很清楚汤马士是绝对不会让他就这么离开的——他毕竟是冒着生命危险出手救援。

"请等一下！"汤马士果然出言挽留。塞文停住了脚步，"大恩不言谢，但请让我有机会表达这份感激之心。"汤马士看着这个豪侠壮士，"我是北风军团的副团长，汤马士爵士。"他报出自己的名头，然后不经意地看到这个陌生人的眉头一皱。

"我叫塞文，如您所见，是一个旅行者。"塞文回答。他的一身打扮实际上就已经很清楚地说明了他的身份。

"请稍作停留，我的部下很快就会赶来。"汤马士挂起剑，把那个

第四章　见义勇为

剑刃皇冠

被杀的女人的尸体抱下马车，放在一边的空地上，"等他们回来后，我很愿意用实际行动来表达我的感激。"

"是吗？"塞文停住脚步，看着汤马士脚边那个被杀害的姑娘。"好吧。我的时间虽然不是很宽裕，但稍微等一下是可以的。"他的脸上露出惋惜和愤恨的表情，同时略微夹杂一点无所谓和轻蔑，让自己的动机显得十分明显。牧师对他强调过，汤马士经验丰富，任何破绽都逃不过这个老家伙的眼睛。他不能犯一点错。

汤马士自然一点都不知道他的救星心头的真正想法。有了这个身手高明的旅行者塞文的帮助，他暂时放下心，开始包扎自己腿上的伤口。他的腿并不是现在才受伤，而是先前那大群土匪伏击的时候，被流箭所伤的。脱下腿铠后，他发现自己的裤子整个被血浸透了。

时间在平静中一点点地流逝。汤马士已经处理完了自己的伤口，而他所期待的部下却毫无音讯。他不曾预料到要等这么长时间——不过战斗中什么情况都可能发生，拖延并不值得奇怪。汤马士并不担心敌人的诡计。久经战场的他，对于有计划的撤退和真正的溃逃之间的区别是十分清楚的。那些土匪们逃跑的样子就清楚地说明这并非圈套。正如希莱所预料到的，哪怕是汤马士这样老奸巨猾的人也无法看透这个谜团重重的阴谋。

汤马士又等了一段时间，长到让旅行者塞文的脸上出现了一些疑惑的表情。连汤马士自己都觉得等待的时间太长了。就算出现意外情况——按照最坏的可能，他的部下也应该败退回来了。

一阵马蹄声随风而来。这并不是大群骑兵前进的隆隆声响，而是单独一匹马发出的声音。汤马士心中感到一阵释然。"应该如此。"他告诉自己，"他们追入树林，彻底消灭敌人后，他们首先要做的事情就是抢救受伤的同伴，还有寻找失散的马匹。这些都很花时间——因为我告诉过他们尽快赶来，所以他们就首先派了一个人来追上我，以便告诉我整个情况。"

塞文和汤马士一起向声音来源看去。远处一匹快马绝尘而来，马背上伏着的人身上闪亮的盔甲说明了他的身份。汤马士走到路中间，准备迎接他的部下。但他马上发现事情并不大对头，因为那个骑士始终趴在马背上，并没有坐正身体。

那匹马全力奔跑，没有一点要停下来的样子。然而对一个骑士来说，他所学到的关键事情之一就是控制坐骑。汤马士在那匹马即将冲过他身边的时候突然用自己的巨剑在马儿前面一挡。虽然他并没有真的使用剑来挡马，但足以让马一惊。等那匹马四蹄落地的时候，汤马士已经抓住了马缰绳，而马背上的人也无力地从马背上滑落，跌进尘埃之中。那个人的后背满是暗红色，一根致命的弩箭在他的盔甲上露出半根箭尾。

一瞬间汤马士脸上是那样的狼狈、震惊和自责，即使是塞文也不得不表示同情。"真不幸，汤马士爵士。"塞文说道，"我不想用言辞来表达我的哀悼之情，但我想说，毕竟他是战死在战场上，作为一个骑士，这是唯一值得安慰的事情了。"

塞文嘴上轻松，心里却十分紧张。一切一切的关键都在这一刻了，汤马士必须主动邀请他。否则前面一切的详细布置都将成为一场空。汤马士正看着地上阵亡袍泽的尸体，背对着塞文，所以一点也不知道这个旅行者先前慵懒厌烦、漠不关心的目光一瞬间变得紧张而敏锐——当然更不知道这个变化的真正意义所在。死去骑士的铠甲有众多划痕和凹点，身上也有多处伤口。证明他并非是意外地死在一枝弩箭下，而是在一场激烈的战斗中阵亡的。汤马士弯下腰，用手轻轻合拢战死者依然睁大的双眼。

塞文原先以为这一幕（不管是希莱部下所设计的还是神祇所设计，但这个场面真的十分巧妙）会对老骑士造成重大打击。但作为一个骑士，汤马士经历过无数次的战斗。他在高山上和兽人、地精的庞大联军作过战；在森林里和精灵的神箭手交过锋；在地下隧道中迎战过矮人和黑暗精灵；在平原上和同属人类的敌国军队生死相搏；

他在白昼挑战过邪恶的魔法师；在黑夜中对抗过吸血鬼。在这些战斗中，在他这么多年的岁月里不知道埋葬了多少阵亡同僚的尸体。汤马士对着尸体默哀了一小阵，这批部下的全部牺牲让他黯然神伤，但他马上就重新振作起来，想到自己所担负的神圣职责。

他没有时间停留了，他不能辜负自己部下的牺牲。那些敌人正向他这边赶来。

"塞文先生……"

"叫我塞文就好。"

"那好吧，塞文。我想告诉你一些事情，我正在执行一个重要的任务，要护送那个孩子——那孩子是罗宾王子，柯迪雅未来的统治者——进行成年的巡礼之旅。但现在我的部下被敌人歼灭了，我单独一人难以执行这个使命。你是否愿意和我一起承担下这个光荣的任务。"汤马士把总体情况和盘托出，深恐这个陌生人会拒绝这个任务，"虽然这个任务十分危险，但我可以允诺，你所得到的报酬绝对超过你的想像。"

"但是，王子殿下的旅途有什么危险？"塞文故意皱紧了眉头。作为一个平凡的过路人，他必须保持最基本的警惕性，"您遭到了一批意外的土匪袭击，失去了部下。但只要向前走半天，您就可以抵达狄雷布镇。您只需要向那里的总督表明你的身份和神圣职责，马上就可以得到一支庞大的护送部队。"

"这不是意外的袭击，塞文。"汤马士强调了"意外"两个字，"这事情很复杂，但我可以用简明扼要的话向你解释。我不能求助任何外来的武力支援，包括所有的领主、贵族乃至地方官员。因为很多的人都希望罗宾王子死，包括现在的统治者霍尔曼王子在内。"

"这怎么会呢？"塞文脸上露出十分自然的惊讶神色。

"事实就是如此。"汤马士回答，"我现在只有有限的金钱，但一旦我们完成旅途，我可以打开国库任你选择合适的报酬。荣誉、财富，乃至爵位和领土，一切都可以给予。如果罗宾王子不幸遇害，"

他观察着塞文脸上的任何一点变化，"那这个国家马上就要进入一场全面的内战了。"

"您所说的我很难相信。"塞文考虑了一会儿，"但我还是决定帮助您。来，我们必须用最快的速度换掉这辆豪华马车和这些神骏的马匹。这些东西是土匪强盗的天然目标。"

第五章 骗　子

"醒醒！罗宾。"塞文轻轻地摇晃着昏睡中的少年。称罗宾为少年也许有些太夸张了。因为无论是体格还是外貌，这个十四岁（很值得怀疑的岁数）的男孩都只能归入儿童的档次。他的身材在同龄中算是矮小；因为养尊处优的生活，他皮肤白皙，身体纤弱，很明显神经系统也不够健全。因为仅仅是一场没有伤害到自己的战斗，就让这个孩子惊吓过度，在昏睡中度过下午的时光。事实上，直到现在他也没有要醒过来的迹象。

塞文的手轻摇着罗宾的头部，眼睛却如同赤链蛇看着小鸟一样盯着少年的脖子。白皙细薄的皮肤下是青色的、微微鼓动的大血管。塞文几乎能想像这血管中涌动的红色液体以及这些液体喷出身体时的嫣红。不过在他想像这些的时候，少年已经悠悠醒来，揉了揉眼睛，看着面前这个居心叵测的陌生人。

"你是谁？"罗宾问。自然而从容的语气说明罗宾王子（因为无需累赘地重复他的身份，所以以后我们就省略王子的头衔）根本没有任何警惕——这很可能是他经常接触陌生人，所以完全没有陌生就意味着危险的概念。这是一件好事，塞文这样告诉自己。

"我叫塞文，"塞文略微张开嘴，露出一个带着危险的笑容，"现在是你的保护人。"

"汤马士叔叔呢？"罗宾问。他说话的语气和脸上的表情说明他

和汤马士的关系并不是一个贵族和一个护卫那么简单。少年对汤马士非常地信任和依赖，正如同一个后辈依赖长辈一样。外人的谎言和欺骗恐怕不能动摇他对汤马士的信任，甚至可能适得其反。塞文仔细地观察着罗宾的表情，并把自己得到的结论一一牢记在心。

"他去城里卖掉我们的马，马上就会回来。"塞文如此回答。罗宾对他伸出一只手，十秒钟后塞文才明白这是什么意思——罗宾是要他扶自己下车。

"很遗憾，小少爷。"塞文推开罗宾的手，"以后你什么都得自己干。"他观察着这个孩子的反应。罗宾没有任何不悦的表示，他爬起来，一个人从车后面跳了下去。虽然养尊处优，但他尚未形成任何这种生活带来的恶习。

马车现在孤零零地停在一条小道上，被西斜的太阳的光辉所笼罩。拉车的马已经被解下带走，所以这辆华贵的厢车只有把自己孤独的影子拉得长长的。狄雷布镇遥遥在望，平时看起来寒酸破败的城镇大门在此刻居然也显得有些壮美起来。塞文站在一边看着左顾右盼的罗宾——最后要杀了这个孩子并不会让他有所反感。这只是一个工作，他在心里对自己这么说道。

"我们到城里去吧。"罗宾突然说。

"为什么？"

"我希望在那里等汤马士叔叔。"罗宾看着面前可以说是完全陌生的塞文，"他在城里对吗？"

塞文把刚才脑里试图对这个天真少年不利的想法一一排除，转而以一个保镖提防敌人的心态来分析这个提议。他最后觉得这个提议有价值。狄雷布镇可不是一个和平安宁的地方，这辆马车是一个再显眼不过的目标。车子在这里已经停了不少时候了，又有谁知道此刻是否已经有几双贪婪的眼睛盯着马车上镶金的装饰了呢？应该是离开这辆车的时候了——并不是他没有自信对付一群无赖，而是他不愿意为无聊的原因冒险。

"好的。"

塞文深色眼眸一路上不断左顾右盼，时刻保持警惕，虽然此刻没有任何人在追踪他们。在穿越那两个懒散的士兵把守的破败大门的时候，他眼角瞥见有几个人影在快速移动，就在城门边赌场大门的阴影里。塞文的手探到剑柄上，保持一种随时可以将武器抽出来的状态。那些人影冲了过来，是一群正在玩某种正义战胜邪恶游戏的孩子。他们欢叫着口号冲出了大门。

几个斜靠在门口，无疑是正在晒太阳的闲汉都只是略略看了一眼这个带着孩子的旅行者。没有人知道这个平凡的旅行者是"剑刃"塞文，一个杰出的刺客——当然，这个杰出是以受害者的数量和身份，以及被干掉的过程来评定的。和所有谨慎小心的人一样，塞文并不喜欢抛头露面，即使在这个他生活了近十年的镇子，也没有几个人知道"剑刃"塞文的真正面貌——这是一个从事这行当的人能活得长久的重要诀窍。他们的目光最多只在这个孩子的身上停留一下——罗宾身上的衣服虽然漂亮，但一般受到长辈疼爱的孩子也能有这种穿着。阳光暖洋洋，城门一带十分平静。只有塞文知道他们两个刚刚已经通过了一个危险的检测。在这个城镇里，死亡很快就会降落到没有通过这个检测的人的头上。

狄雷布镇的大门后面最显眼的建筑是一家赌场。一个充斥着酒精和咒骂的大房子，有时候酒精中也会夹杂一点血。但总体来说，这一带可以说是最安全的地方。因为赌场的主人毫无疑问会维护自己的利益。塞文停下了脚步。

"我们在这里慢慢等。"他对罗宾说道。他再次端详这个少年。罗宾脸上十分干净，手脚也是同样的干净，手指细长得简直如同一个女孩。文静而气质优雅——这孩子明显没干过哪怕一点点的活，也从来不曾接触社会中的丑陋——他是在纯白大理石构筑、金边装饰的宫殿中长大的，干净纯洁得如同水晶一般。当然，也像水晶一样易碎。他无法想像这样的孩子加冕成为帝王会发生什么。虽然这事情

也用不着想像——这根本不可能发生。塞文开始观察那些孩子，先前那群孩子正在不远处欢闹着。这些孩子是某个混混的手下，靠那些对自己钱包不太留神的外地人维生。但现在他们是真正的在游戏而不是一个巧妙的伪装。他们衣衫褴褛，手脚和面容上都是泥土和其他脏东西。他们中最大的年纪和罗宾相仿。但他们的命运却是多么的不同啊。

"嗯。"罗宾心不在焉地应了一声，站在塞文身边，开始用一双好奇的眼睛张望这个镇子。

一阵喧闹的声音从赌场中传来，吸引了罗宾的注意。塞文的眼角看到那几个闲汉眼皮都不曾抬一下。他们继续悠闲地晒着太阳而没有理会这本来应该引起他们关心的变动。塞文忍不住低笑了一下。这几个侦察兵伪装得太过分以至于可以被人一眼看穿。塞文虽然很少赌博，但他懂得赌场里的喧闹总归是那几个原因。果然，半分钟后一根棍子连同一个破布麻袋般的东西被丢了出来——那实际上是一个穿着满是补丁的旧袍子的男人。

"给我滚，这里不是你撒野的地方。"一个异常壮硕、赤裸着上半身的男人从赌场中走出。他胸口高高鼓起的巨大胸肌和浓密的胸毛让他看起来简直如同一头灰熊。在他之后，三五个纯粹凑热闹的人跟了出来。破布麻袋蠕动了一下，狼狈不堪地抬起上半身。

"这不公平……他们作弊！"破布麻袋喊道。那是个身材瘦长、甚至有些瘦弱的男人。他的衣着虽然不起眼，但塞文还是注意到这个男人的脸和手都十分白净。白净细嫩的脸和手，消瘦的身材，一根长长的木杖，这些东西的组合让塞文感到一阵本能的反感。

"作弊？捉贼拿赃，捉奸拿双，捉不住还乱喊，真是骨头贱！"一群凑热闹的人跟着哄笑，让破布麻袋更加狼狈。

"你等着，我要去找总督控告……"破布麻袋气愤难平，一边大喊着一边想爬起来。然而"总督"两个字似乎触到那个熊一样男人的忌讳。灰熊快步上前，一脚踢向破布麻袋，把刚爬起一半的他再次踢

第五章 骗子

倒。凑热闹的人再一次发出哄笑。

塞文转过眼睛，不打算继续观赏这三流的闹剧。然而一只手却拉住了他的衣襟下摆。

"你得去帮忙，他们正在打人。"罗宾用十分认真的口吻说道。

"为什么？他和我们非亲非故。而且去帮他也不会有什么好处，只会惹麻烦上身。"塞文用一个旅行者的正常逻辑回答。但他还是低估了温室里长大的花朵的天真程度。罗宾看到无法说服自己的保护人，转过头独自跑向那个纷争的中心。塞文叹了口气。如果他放任不管的话，罗宾大概会挨一顿打——虽然那是很有益的教育，可以教导他以后不再犯类似错误，但会让塞文失去汤马士的信任。他挪动脚步，跟在罗宾的身后，无视那几个侦察兵投来的警惕目光。

"住手！"罗宾冲上前去。灰熊向他看过来，目光仅仅在少年的身上停留了一下，立刻转到少年身后的塞文身上。

"打抱不平吗？"灰熊冷冷一笑，抱起胳膊，以威胁的方式展现粗壮的手臂和令人印象深刻的胸肌，斜视着这个意外的打搅者，"看起来你对自己很有信心。"

"也许有一点自信。"塞文无奈地回答。灰熊向他逼近，他则向后退。他的脚就如同弹簧一样，每退一步就积累起一分力量。在弹簧压缩到极限的时候，灰熊冲了过来，巨大的拳头招呼着他的下巴。

塞文的眼睛看到了一个机会，但他同时也看到了起码三双眼睛在警惕地观察着他。这些眼睛并不是孤立的，他们中任何一个背后都有一个组织在撑腰。而塞文依然需要进出这个城镇——作为一个平凡的普通人出入。

塞文开始观看蓝天白云，而且他发现天上的白云在夕阳的光辉下真的十分漂亮。

"啊！"罗宾扶着破布麻袋，同时发出一声尖叫。他看着灰熊第二拳落到刚刚爬起来的塞文的腹部，拳头重得好像要将塞文的肺中的空气全部压榨了出来。塞文踉跄两步，再次摔倒在地。

"再来！"灰熊没有乘胜追击，而是以一个胜利者傲慢的姿态等候着塞文慢慢爬起来。塞文观察了一下那几个不合格的侦察兵，发现他们的目光更加警觉。他心里明白自己不能和这些人犯同样的错误——伪装要恰到好处，太过分也会被人看穿的。

塞文向左晃了一个假动作，趁灰熊错误躲闪的时候，拳头回敬在对方下巴上。他靠自己冷静的思维控制住自己拔剑的习惯性动作，转以一个回旋腿乘势攻击，踢在灰熊的胸口上。在他想做第三击的时候，灰熊抓住了他的斗篷。斗篷的纽带被猛地拉开，在脱离的同时也扯得塞文再次失去平衡，摔倒在地。

胜负已经分出来了。灰熊向前冲去，冲向屁股着地、毫无抵抗机会的塞文。他只需要一脚就可以结束这场纷争。他看着这个即将失败者的脸，那一瞬间他看到了冰冷精明的深色眼眸，那双眸子里毫无恐惧，满是自信和危险，如同看着猎物走进伏击圈的豹。灰熊停下了脚步。

看热闹的人发出失望的叹息。这场战斗因为灰熊的宽容已经结束了。四周那些警惕的目光也都转移了目标。灰熊一句话都没说，掉头向赌场里走去。看热闹的人也跟着纷纷离开。塞文和罗宾都看着灰熊消失在赌场大门的背影，谁都没有注意到此刻被罗宾搀扶的破布麻袋。破布麻袋此刻正看着罗宾的脸，展露出狡猾而会心的笑容。

"结束了。"塞文来到祸根的身边，一边擦去嘴角的血迹一边恶狠狠地说道。灰熊对他的伤害远没有表面上看起来的严重，塞文有一副久经磨炼的柔韧身躯，紧致而富有弹性的肌肉以及出色的动作抵消了大部分的冲击力，"现在你满意了吧？"

"对不起……塞文先生……"罗宾低声道歉。

"谢谢这位兄弟，路见不平拔刀相助，侠肝义胆让在下铭记三生……"破布麻袋凑了上来，说出一大堆的肉麻感谢话。塞文转过脸，就好像破布麻袋不存在一样。他一把拉住罗宾的肩头，想要把少年带离这个麻烦的陌生人。但破布麻袋却死缠着不放。

第五章 骗子

剑刃皇冠

"在下名叫罗莫，魔法师罗莫，素来小有名气，相信兄台一定有所耳闻……"塞文加快了脚步，他一点都不想和一个魔法师发生什么联系。可惜罗莫就好像一条鼻涕虫，黏得他死死的，"在下来到这里，钱包不慎被窃贼偷了……在下不得不典当了衣服，换点钱去赌场。本想赢点钱充作路费，没想到却遭遇老千……在下本要和他们理论，却不料他们居然动手……"

塞文终于厌烦了这个说话絮絮叨叨的麻烦魔法师。他不得不停下脚步，转身面对破布麻袋般的罗莫。

"你想要什么，说重点。"塞文选择了最凶恶的眼光看向罗莫，但这个目光却完全白费了。

"在下现在囊中羞涩……兄台可否雇用在下？兄台既然好打不平豪侠仗义，定然不是什么奸邪之辈。所谓一个好汉三个帮，有在下的魔法之助，一定可以……"

"你的魔法既然这么厉害，刚才为什么还被打得像狗一样？"塞文毫不留余地地问。

"因为在下今日所记忆的魔法尽是……不能用来打架的魔法……"罗莫丝毫没有感到惭愧或者羞涩的样子，"但在下可以根据兄台的需要更换记忆的魔法……咕……"一阵异样的声音打断了这场对话，那是罗莫肚子里发出来的声音。

罗宾和塞文一起用异样的眼光看向面前的罗莫。魔法师摸了一下自己肚子，苦笑了一声："在下钱包被窃，已经一整日没吃过东西……"

"我们雇用他吧。"罗宾拉了拉塞文的胳膊。

"雇用一个路边偶遇，自称为魔法师的骗子？"塞文本想这么反问，但他没有说出来。看到这个叫罗莫的男人一副不达目的誓不罢休的样子，明确地拒绝只怕收不到什么好效果。与其和这家伙这么纠缠下去，还不如换个方法。

"好吧，我并不反对一个魔法师来帮助我们。但我必须得到我的

同伴的同意,他叫汤马士,一个骑士……现在应该在镇里的某个地方……你去找到他,向他介绍你的情况。"塞文看着罗莫的脸,这个外地来的魔法师对塞文的话看起来没有任何异议,"他同意的话,你就是我们中的一员了。"

罗莫大喜过望。"好的,我马上回来。"他欢天喜地地向镇里跑去。塞文看了看身边的罗宾,少年也没有对他的建议有任何反对意见,因为唯有在这个该死的镇子里生活足够长时间的人才明白这个对策中隐藏的陷阱——对一个外地来的陌生人而言,狄雷布镇的街道等同于一个迷宫。也许你可以通过问路的方式找到某个建筑,但你绝对不可能问到一个人的位置。

塞文看了看天空。天色已经接近黄昏了,按时间来推算,汤马士应该回来了。他向汤马士说明过卖马的市场的位置,但一个骑士不一定会做生意,拖延时间也是正常的。他回过头,走到那两个依然在打盹的看门卫兵身边。在这个位置依稀可以看到那辆豪华马车的一点点边角——这说明没有人发现马车,起码是没有人拉走马车。这有些不同寻常,也许是希莱队长对这种情况有所安排。

塞文把注意力转移到远处那群孩子身上。那群孩子依然玩得非常开心,他们在用树枝打来打去,效仿一场战斗。每个孩子都在欢笑,极其热闹。塞文很清楚这些孩子经常忍饥挨饿,被人殴打,而且大部分恐怕都无法活到成年。但是他们此刻却是快乐的。罗宾也在看着这群陌生的孩子,看着他们用无害的小树枝作为武器彼此交手。罗宾的眼睛里满是羡慕,游戏的孩子们跑向更远的地方,只留下扬起的尘埃和喧闹声。

塞文看到了罗宾的双眼,他突然觉得命运也没有那么不公平。这孩子也许生下来到现在都不曾和同龄人玩闹过,以后也不会有这个机会。毕竟,他要为自己的血缘牺牲自己童年的笑声,而只有面对这些孩子们的无忧无虑的时候,人们才会明白这些牺牲的真正价值。

太阳已经完全西沉,天空虽然还很亮,但这光亮不会持续多少时间。当黑夜降临的时候,这个城市就会露出完全不同的另外一面。白昼时,这个城市起码在表面上还保持着最基本的秩序,但在夜晚,这里就会赤裸裸地抛开一切面纱,露出狰狞的面目。

汤马士毫无动静。塞文有些心急起来。他一个人倒无所谓,甚至保卫这个王子也不算太困难。当然,那样的前提是他可以放开旅行者身份的束缚。再也没有人比他更清楚这个城市的险恶了。他通过了门口那些侦察员的测验,被看成一个无足轻重的旅行者,但这并不代表着没有人会在黑暗中赏他一箭,然后搜刮光他身上所有的钱财。更别说那个老骑士汤马士了——他那身盔甲就足够激发居心不良者的想像力。

不过也许汤马士消失在这个城镇并不算坏事……他得到指示是尽量让汤马士活着。但如果汤马士真的死了,也许他能更轻松地完成任务。在塞文转动这个脑筋的时候,他看到闪亮的盔甲出现在长长的街道尽头,而且那个穿着盔甲的人身边除了马车外,还有另外一个不协调的身影。

"罗莫?"塞文确实吃了一惊。他明白自己低估了这个麻烦的魔法师,在一个迷宫中找到正确的目标也许对一个魔法师来说并不是什么太难的事情。

那两个人很快就来到了塞文的身边。

"亲爱的塞文先生。"罗莫看起来精神焕发,而且他身上也不是刚才那副破布麻袋一样的衣服了。很明显他不但买了新衣服,而且好好地吃了一顿。而这些钱毫无疑问来自汤马士——塞文几乎不敢相信汤马士会如此大方——他居然让一个陌生的魔法师加入这么一个重大的任务当中来。"汤马士爵士已经同意雇用我了,从现在开始,我们就是一起旅行的同伴啦。不过我们首先得马上离开这个城镇。"

"发生什么事情了,汤马士叔叔?"罗宾注意到汤马士只有一个人,而且脸色十分沉重,"你的骑士们呢?"汤马士用一个勉强装出来的笑容应付过去："他们另有要务，不能继续来了。但我还会和你在一起的。"

罗宾没有对汤马士并不高明的谎言继续追究下去。明显的，他不是因为洞悉到谎言背后的真实，而是他压根没有怀疑到这是一个谎言。汤马士脸上的表情，还有急于离开的态度清楚地说明他已经在这个镇子里看到某些让人不愉快的场面——也许那是一把匕首作为主角的短剧。

汤马士带回来一辆十分普通的马车——也就是普通运柴草的大车上套上一个架子做成的，拉车的马也是农民用来挽犁拉车的劣马。如果赶车人再套上一身土里土气的衣服，那么就和偶然进城的乡下农民没有任何区别了。

"对了，罗莫，你有没有听说过这一带的大型强盗团？"在所有人爬上车后，汤马士坐在赶车的位置问。

"略微有所耳闻……"这个来历可疑的魔法师讨好地回答，"我听闻附近有一个规模很大的强盗团，叫黑暗之手。一群从不留活口的坏蛋，奸淫掳掠无所不为。他们在前几年曾经有过攻击收税官的成功战绩……他们的首领，一个被人称为'雄牛'的家伙，脑袋被悬赏五千金币。不过直到昨天为止，这笔巨款都还待在金库没挪窝哪！"

汤马士没有说话，默默地挥动了一下马鞭。那匹迟钝的牲畜开始慢吞吞地挪动脚步，车轮也随之滚动起来。

第六章 战斗的意义

太阳已经开始躲入山谷西方的山丘之后。小山灰色的阴影笼罩着整个山谷,甚至延伸到东方斜坡的下端。微风拂过在灌木丛中伫立的巨大粗糙石块,消失在低处茂密的森林中,但偶尔也会在森林空旷处重现。在蜿蜒的收税官大道上,一辆孤单的马车正在借这段最后的光明前进。这可不是一个常见的情景,因为对于旅行者来说,狄雷布镇所在的这片山区在夜里可不是什么平安的地段。实际上,在白天也不怎么安全。这里流窜着好几十股土匪,抢劫杀人之类的事情可以说司空见惯。因为有太多的前车之鉴,所以这一带几乎看不到零散的行人,小规模的商队也往往集结成强盗难以一口吞下的大队伍才敢前进。只有那些对自己的力量极其自信,武装齐全,有能力对付一切威胁的人才会在夜里通过这一带。

山区的雾气在压制它们的太阳消失后,已经悄然从草木阴影中游荡而出。用朦胧的纱布和夕阳最后的余晖争夺世界。这场胜利会属于它们的,因为太阳的力量只能在西方的天空维持最后一点点光彩。雾气也爬进了行进中的马车车厢,将寒意悄悄地送进衣领之中。

塞文屈腿坐靠在马车一角,低着头。他表面上在闭目养神,实际上是在观察着对面那个自称为魔法师的罗莫。这个人是这趟旅途中的一个不确定因素,而每一个聪明人都知道不确定因素所包含的风险。罗莫则垂着头,紧闭的双眼和微微的鼾声说明他已经睡熟了。他

自称是个小有名气的魔法师，但鬼才相信这套谎话。他最多不过是一个会两手戏法的骗子而已。问题的关键是汤马士为什么会接纳他。

塞文仔细地考虑这个问题，他假设自己是汤马士，然后以这个身份考虑种种选择。最后他认为这是一个明智而谨慎的决定。这个决定的基础在于汤马士对旅行者塞文并不真的十分信任。不错，目前旅行者塞文确实不会对小王子有害——那场战斗就说明了一切。如果塞文对小王子有不良企图的话，他有一百个机会可以下手。但是未来就难说了，要是有某个势力用足够多的利益引诱，那谁也不能保证旅行者塞文会不会突然翻脸。但一旦有了一个第三者，他就可以最大限度地防止其他势力和旅行者塞文接触谈判。特别是这个第三者毫无危险。

罗宾躺在车厢里唯一的软垫上，他的整个头都埋进了垫子，所以看不出来他是否睡着。不过即使他醒着，他也绝对看不破他身边近在咫尺的危险的。

马车的车轮撞上了一块石头，剧烈地跳动了一下。这个震动几乎没有影响到塞文，却让罗莫整个人弹了一下，头撞上了木架。这一下撞击把他从刚才的梦里拉回了现实。这个骗子揉了揉眼睛，向车外探头看了一下。此时外面已经完全黑了，汤马士是摸黑驱马。

"等一下，汤马士爵士，"罗莫急切地喊道，"这一带路很难走，夜间行车十分危险……不如早点宿营……"

车轮滚动开始缓慢下来，很快的，汤马士停下了马车。

"汤马士大人果然从善如流……所谓姜还是老的辣……"罗莫一边继续他令人恶心的肉麻奉承话，一边爬下了马车。今晚的夜色十分昏暗，天空看不见月亮，也没有星星。四下的丛林在黑暗中看起来简直如同无数舞动的魔鬼。这种天气实在不是赶夜路的天气。

塞文跟着下了车。在路边，有一块很适合小队伍宿营的空旷平地。三个人一起动手，很快就完成了宿营的准备工作。一堆篝火在黑暗中点燃，野营的人围在篝火边开始准备他们的晚餐。晚餐的内容是一大块腌肉，一点干粮，还有一壶水。旅行者一般的饮料是甜酒，但这一次汤马士用煮开的水来代替。

"汤马士大人，"吃过东西后，罗莫又凑到了汤马士的身边，用一贯的谄媚口吻建议，"所谓风高放火夜，月黑杀人天，这种晚上正是强盗活动的大好时机……不怕一万只怕万一，我们一定要有所准备……"

强盗？塞文的眼睛看了看四周。四周一片黑暗与寂静。但塞文的眼睛曾经在黑暗中受过最严格的锻炼，普通人难以看透的黑暗在他面前却与白昼无异。他们这个宿营地的位置非常好。这块平地的四周是几丛无法藏人的小灌木——是那种山区人最讨厌的长刺荆棘。这种植物可以让任何试图穿过去的人品尝足够的肌肤之痛。在这几丛灌木的外围，隔着另外一块空地，再外面才是可以让人藏身的树林。如果树林里有敌人冲出来，他们必须冲过空地，然后绕过荆棘，这就给防御者提供了足够的准备时间。

不过这种晚上真的有强盗么？塞文暗笑了一下。强盗可不会笨到和开店一样天天守株待兔。他们都有完整的情报系统。他们的探子都是在城镇里寻找合适的猎物。那些遭遇强盗的人实际上在城里的时候就被盯上了。而塞文很确定没有任何可疑分子对他们的马车给予过多关注。他的眼睛扫过不远处的树林，树林里静悄悄……哦，那是一点反光？篝火在钢铁上的反光！

"小心！"塞文大叫出声，"是弓箭！"他的身体比他的声音行动得更快，在那箭射出来前，他已经扑倒在地。弓箭手的动作慢了半拍，羽箭只是在塞文的头顶无害地飞过。

汤马士拔出了他的长剑，罗莫则带着罗宾跑向马车躲起来，借着马车遮蔽自己。

"该死的！"塞文拔出自己的长剑。看到这边有了防备，树林里的攻击者冲了出来。一共有五个人，每一个都全副武装，其中一个手里拿着弓箭。不过这个弓手似乎没有再用弓箭的打算，他丢下弓，拔出一把长剑，跟在同伴身后冲了过来。

"没想到随便出来逛逛也能碰上肥羊！"领头冲过来的那个强盗看起来兴奋异常。五对二，他们在数量上占据绝对优势。而且就外表来看，那个全身盔甲的骑士才是这个小团队的真正战力。汤马士也立刻明白数量上的不利，他向前冲去，挡在两丛荆棘中间，想尽量减少敌人数量上的优势。塞文一脚踢翻篝火上的水壶，浇灭了篝火——黑暗是弱势一方的战友。

汤马士已经和冲在最前面的敌人交上了手。黑暗中，长剑与盾牌撞击的沉闷声响接连不断地传来。塞文看得一清二楚，强盗们没有笨到要正面冲锋，他们中有两个人用盾牌正面顶住汤马士，另外三个人则想从两面绕过长刺荆棘丛。两个从左边，一个从右边。那个单独从右边绕过来的是一个狡猾的家伙，他离开其他人，低头弯腰，想借着黑暗遮蔽自己的身形悄无声息地绕到汤马士背后——如果没有塞文，他很可能就会成功。但一个人和同伴分开，他就会变得孤单，在人数绝对优势的情况下还选择隐蔽，说明他对自己的实力没有自信。孤单而缺乏实力的人，就是队伍中的弱点，同时也会成为敌人攻击的第一个目标。

塞文几乎是不假思索地矮下身，以接近匍匐的高度绕着荆棘丛向那个人迎去。他让自己整个人都贴近荆棘丛，他的身体贴得那么近，不止一根刺穿过了衣服，插进肌肤中。山区的这种灌木的长刺确实非常讨厌，但总比武器的锋刃可爱多了。在接近自己预测的位置后，他像猫一样弓起了身体，长剑早已握在手里。透过荆棘，他看到了那个黑影。

一道剑光暴起，塞文无视荆棘丛，直扑向目标。想偷袭的人现在成了被偷袭者。荆棘顽强地试图阻击胆敢大胆穿越它们的身躯，又硬又利的长刺划破衣服肌肤，留下一条条长长的血痕。但荆棘毕竟不是墙，它阻挡不了愿意承受痛苦的人。这一剑没有任何的停顿和犹豫。塞文的剑尖感觉到了血肉的柔软。精确无误的一剑，直透心脏，一剑致命。

塞文翻了一个身，他没有时间去检查自己身上到底被扎了多少根刺。不管扎上几根都不会致命的，也影响不了战斗。他看向战斗的核心部分，汤马士和两个对手。那两个人十分明智——他们无意速战速决，只是在拖延时间，拖延到其他的同伴迂回到这个骑士的后方。这种全心全意地防御非常难以攻破，再加上两人的彼此配合，哪怕是汤马士也无法在短时间内击败对手。刀剑不断交击，偶尔有明亮的火花在灌木丛上空飞溅。

那两个人把注意力全部集中在汤马士身上。他们已经知道猎物手里没有弓箭，他们不必去关注远方的敌人。这也许是他们唯一的一个错误——一个错误就够了。在他们没有注意的位置，塞文已经摘下了盘在皮带上的带钩长绳。这是一件攀爬的工具，但作为武器也很上手。

旋转的钩索从黑暗中飞来，准确地钩中了柔软的脖子，在扯离的时候带起一串血花。被击中的强盗踉跄旋转了一圈，同时发出一声凄厉的呼喊，这声呼喊毫不意外地被打断，汤马士一剑帮他解除了痛苦。

钩索第二次飞过来，钩中了剩下那个强盗的肩头。这一次铁钩深入血肉，深达骨头。那个强盗狂叫一声，挥动手里的剑割断了这条危险的绳索，但他也因此空门大开。除了远处飞来的铁钩外，他还面对着另外一把巨剑。那把剑可没有停下来的义务。

整个过程不过十五六秒钟。等那两个迂回的强盗冲到汤马士前面的时候，战斗的局面已经转变成了二比二。他们在数量上已经没有任何优势可言。

看到三个同伴先后阵亡，剩下的两个强盗却毫无罢手的意思。他们甚至停下来，看着塞文和汤马士汇合在一起。"不错嘛，"那个领头的强盗开口说道，他的声音里充满了自信，"能一下撂倒我三个部下，值得鼓励。"

"承蒙夸奖。"汤马士冷静地调整自己的呼吸。双方虽然尚未交手,但却已经互相找上了对手。那个身材高大、头戴牛角盔手持锯齿战斧的强盗挑上了汤马士,而另外一个一声不吭、手里抓着两把短剑的则选择了塞文。双方彼此虎视眈眈,但谁都没有先动手。

"你看起来像个骑士……如果你投降,交出武器和财物,我就放你们一马。"强盗首领说道。

"他是雄牛,黑暗之手的首领!"躲藏得好好的罗莫发出一声尖叫,"我看过他的悬赏画像!那家伙在骗我们,他从来不放过猎物,投降的也照杀。"

"哎呀,你们的同伴眼力不错。你猜对了,所以我更不能放过你们啦!免得泄露我的行踪!"

没有人意识到第一击是由谁发起的,四个人捉对厮杀在一起。汤马士的巨剑和巨斧你来我往。这样巨型的武器彼此交手几乎没有耍花招的可能,一招一式都中规中矩,因为任何一方都付不起一次错误的代价。而另外一边,塞文的长剑和对手两把短剑却交织成了一团乱舞的银光。双方的速度快得让人眼花,一沾即分,绝不恋战,彼此一边试探一边寻找对手致命的失误。

"你和我很相似。"在战斗的空隙,塞文听到对手沙哑的声音,"这不是普通人的剑法,而是务求一击成功的杀人剑法……看来你的老师是一个刺客。"

"是吗,我倒从来不知道他的来历。"塞文双眼注视着对手的一举一动,同时回答。

"但你老师一定没有告诉过你,刺客剑法的关键在……"强盗看着塞文,一瞬间他发现塞文的眼睛正偷偷瞄向另外一边格斗的双方。下一瞬间,强盗已经穿越了彼此间三四步的距离,扑向塞文。他的手一扬,短剑夹杂着一把一直隐藏在手心里的泥土飞向塞文的脸。

"……为了胜利可以使用任何手段!"强盗的声音跟着短剑和泥土之后传来。

巨剑和巨斧一次一次地碰撞，每一次撞击都会迫使汤马士略略后退。在常人中，汤马士已经算很高大的了，但他的敌人的体格却比他还高大一个档次。那家伙的力量和体格真的十分相配，力气大得像头真正的公牛——汤马士也不得不承认自己在力量上逊色于对手。局面开始向强盗首领倾斜，靠着力气上的优势，他的攻击完全封死了汤马士反击的能力。现在的汤马士没有进攻，而是彻底地在防守。等到他在这种消耗战中疲惫的时候，强盗首领就胜利了。

　　另外一边，飞剑、泥土和突袭混合成一次精彩绝伦的攻势，打得塞文手忙脚乱（或者是看起来手忙脚乱）。短剑趁他躲闪泥土的时候划向他的脖子，塞文勉强闪过这一剑，换回右肩头的一道深深的伤口。他回敬了一剑，总算遏制了对方的攻势，那个强盗嘿嘿地冷笑着退开，右手上已经出现了另外一把短剑。

　　"你有几把剑？"塞文问道。他刚才不止一次地打算利用自己剑上的毒，但最后还是打消了这个念头。除非到万不得已，否则绝对不能让汤马士知道这事情。

　　"那要看你能流多少血！"那个强盗回答，声音里透露着无尽的恶意。接着他再次冲上来，这一次他的攻击变得有针对性，每次都向塞文右侧进攻。他想利用刚才造成的那个伤口——这一剑伤得很深，会让肢体因为疼痛而反应迟缓。而在另外一边，强盗首领已经用自己的战斧顶上了汤马士的巨剑，把战斗变成纯粹的力量较量。这种较量中失败的一方会因为后退失去平衡而门户大开，难以躲闪追击的致命一击——每个人都知道这个道理，但事实上却很难避免这种较量。

　　伴随着一阵低沉的吟唱，黑暗中一个声音传来："加速术！"

　　超自然力带来的高速把塞文的身形幻化成一串的残像。一瞬间进攻方和被进攻方完全交换了角色，在闪过对方的攻击后，塞文发现自己居然有足够的时间来攻击对手的要害。强盗悚然后退，而魔法的能量则急推着塞文以难以置信的速度追袭，他的长剑在空气中发出一阵尖锐的爆音。

如果能闪过这由魔法和剑技结合的致命一击的话，那么这个强盗早就可以升级为首领了。事实上他还不配拥有这个最高荣誉。他的两把短剑没有能封挡这闪电一击，甚至连碰都不曾碰上。在双手有时间收回保护自己之前，长剑已经从第七和第八根肋骨中穿过，准确地直透心脏。这一击华丽而精准。没有垂死反扑，也没有挣扎，两把短剑无声地从强盗手中滑落，和他的生命一起离开了他。

魔法的吟唱声并不曾停下，"蛮力术！"另外一个魔法被加到步步后退的汤马士身上。攻守之势立刻易位，汤马士停止后退，反过来步步进逼。强盗首领全身肌肉都鼓了起来，牙关也因为用力过度而发出咯咯的碰撞声。但在魔法力量的帮助下，汤马士还是压倒了他。强盗首领的眼角已经看到了另外一场战斗的结局，看到了自己最得力的部下是如何被杀的，而那个胜利者马上就要过来帮同伴的忙了。而这种较量却让他自尝苦果——如果他撤力后退，立刻要面对汤马士势如破竹的猛力一击；如果他坚持下去，那么他毫无防御的后背就暴露在塞文面前。

"我……我……我投降！"在塞文的剑袭向背后之前，强盗首领选择了唯一的生路。他松开手，任由汤马士挑飞他的斧头。

塞文从背后向强盗首领冲来，速度一点都没有减慢。

"等一下，他已经……"汤马士想阻止塞文，但已经太迟了。长剑刺进强盗首领肌肉虬结的后背，从胸口透出来。不管他有多么强壮，用肌肉去夹住利刃毕竟只是一个传说。强盗首领带着一脸惊愕倒了下去，像段木桩一样不动了。

"你……你为什么杀了他，他已经投降了。"汤马士收起剑，略带责备地看着塞文。

"不为什么，他们就是这么对待那些投降商旅的，我只是以其人之道还治其人之身而已。"塞文回答。

他们停下来打扫了一下战场。罗莫欢天喜地地仔细搜刮了每具尸体上的财产，汤马士则默默地擦干自己剑上的血迹。塞文这个时候才发现汤马士的巨剑上居然没有任何因为碰撞而产生的缺口。要知道，用剑来格挡是战斗中一门深奥的艺术。不同于盾牌，剑是精致的武器，当汤马士的剑和那把粗笨的斧头碰撞的时候，当剑要格挡对手猛力的攻击时，所考虑的因素要复杂许多。想要保护剑刃，剑的格挡一定要用剑身的平面，要分析敌人武器的力量与角度，借助剑本身的弹性来抵消冲击的能量。这种技巧比任何战绩都能说明一个剑手的实力。塞文突然发现自己必须重新评估汤马士——无论是牧师还是希莱都特别提醒过他，汤马士是这次任务的关键，看来他们并非夸大其辞。

如果有一天塞文要和汤马士来一场真正的较量，那么他就有机会体会这些技巧所蕴涵的真正威力了。

他们并没有埋葬尸体——这里距离狄雷布镇那么近，天亮后这些尸体就会被发现埋葬。然后那些发现者就会惊喜地看到自己拿到了一大笔钱，雄牛的脑袋价值五千金币哪！罗莫不止一次地提议这笔钱不应该落到别人手里，但汤马士坚决拒绝了携带人头上路的建议。不过有一点所有人都达成共识，就是尽快转移营地，免得强盗们还有援军。就算没有援军，罗宾也不可能在这种四周是尸体的环境下睡觉。

塞文坐在驾驶副座的侧面，陪在汤马士身边，同时动手拔自己身上的刺——所幸这个工作并不困难。晚上的道路崎岖难行，再加上潜藏的危险，需要两双眼睛来观察四周动静。

"你的战技很优秀……只要你愿意，你可以成为一个骑士的。"过了一段时间汤马士突然开口说道，"以你的身手，哪怕是被编为近卫队军官也不会让人奇怪。我认识……"

"但我并不想当一个骑士。"塞文简略地回答。

汤马士并没有放弃，"你只需要发誓遵守骑士的准则……发誓……"

"我说过了,我不喜欢当一个骑士。"塞文打断了汤马士的话,一边回忆着刚才战斗中的细节。在他偷眼看着汤马士和雄牛战斗的时候,很明显汤马士是处于下风,而事实证明汤马士的境况远没有他看起来的那么危险(要知道,真有危险时,任何人都没有多余的闲暇顾及武器),唯一的解释就是汤马士故意如此——他在保存实力。可是他为什么要保存实力呢?难道他已经看出破绽?不,根本就没有破绽可言。

"你肯定是一个熟练的战士,"汤马士轻叹一口气,换了个话题,"而且你一定经历过很多的战斗。老实说,你的战技真让我感到惊讶。华丽而实用的技巧。"

"全靠那个蹩脚魔法师的魔法。"塞文轻描淡写地带过。他警觉地提醒自己,他很可能已经引起汤马士的疑心了,他得更加小心。他仔细地回忆自己的一举一动,最后发现他确实露出了一点破绽:即他强行扑过荆棘丛去攻击那个强盗的时候。一个普通的人不应该有那么大的决心和勇气的。

"话说回来,多亏了罗莫,没他的魔法,我们很可能要陷入危机中了。"

"是啊,不过你为什么在战斗中有所保留?"塞文最后决定坦率一点,他需要隐藏的只有最后的目标,其他的东西让汤马士知道也无妨,"其实那个雄牛是绝对打不过你的。"

"你怎么知道的?"

"你别管我怎么知道的,总之我看得出来。"

"你说得对,他确实很强,但还不足以打倒我……那场战斗我也很难击倒他。如果有足够的时间,我会胜利的——先体力不支倒下去的就是他。但如果你输了,我也完了。"

塞文不置可否地点了一下头。汤马士随即挑起下一个问题:"塞文,你过去是干什么的?当过佣兵?"

"是啊。"塞文随口回答。他表面漫不经心,实际上却非常小心。

而他的来历，他早就已经编好了一套完美的谎言，可以应付任何情况。现在只需要照本宣科就可以了。

"是侦察兵吗？"

"是的。"

"难怪身手这么好。想必在侦察兵中，你也是一个佼佼者。"

"停！"汤马士突然喊了一声，同时勒住了马。塞文这才发现前面的路已经消失了，在车顶的灯光所及之处，可以看到一片深不见底的黑暗。他们前面是一个悬崖。回头看看身后，他们过来的路盘旋曲折，以缓慢的速度下降，路边只有稀疏的丛林。一棵棵老树在黑暗中伸展扭曲的臂膀，沉默不语，如同许多阴郁的鬼怪。

"我们走错路了。"

"好像确实如此。"汤马士看了看四周，"不过这样的晚上我们也没办法找路……不如就在这里过夜吧。我们三个人轮流值夜，我值第一班。"

塞文点了点头。

"是什么让你离开了军队？"在塞文转身想进入车厢的时候，汤马士突然问道，"如果你在军队中，你的升迁是指日可待的事。我不相信哪个长官可以让你这样的人始终埋没在人堆里。你是被驱逐的吗？"

"我离开军队不是因为驱逐，而是我自愿离开的。"塞文吸了一口长气，"是自愿的。"他提高声音，这个回答一般会让骑士停止追问。因为骑士的道德观念中并不鼓励去探询别人的隐私。

"原谅我说这么多。今天看到你，让我想起过去的我……"汤马士停顿了一下，似乎在回忆某种东西，"你的心是否在迷茫，因为就算你打倒无数的敌人，就算你用胜利后的美酒来麻痹自己，你心里最深处还是感到很空虚……你始终不知道自己战斗的意义。"

"也许吧。"塞文如此回答。他钻进车厢里。他们的车可以容纳三个人，晚上在马车里可比躺石头堆里舒服多了。罗宾已经睡着了，他躺在两个软垫上，身上盖着一张毯子。而罗莫还睁着眼睛，他的眼睛在看着小王子——也许他在盘算这个王子可以给他带来多少的收益。一直到塞文完全走进马车，罗莫才收回目光。

"你还没睡？"塞文问。

"山路颠簸，虽然疲惫却难入眠。要是多几个垫子就好了。"罗莫回答，他的脸始终不改那让人恶心的谄媚样，"塞文大人今天真的大展雄风……"

"我今天真的很意外。"塞文打断了他的长篇奉承，"老实说，我一点都没想到你还真的会几个魔法……不错的魔法。看起来有你做伴可以轻松很多。"

"魔法师总是有很多小把戏的。"罗莫得意地笑着。

"战斗的意义……真好笑……"在塞文躺下来的时候，他突然想起刚才汤马士的话。看起来他刚才确实是有些杞人忧天了，汤马士怎么可能看得破那么多东西呢？战斗的意义……他突然开始仔细地回想这个问题。战斗的意义当然是为了钱，这还用问吗？他不自觉地想起被枷锁锁在刑台上示众的时候，想起那一个个点名就逃走的围观者。他确实不应该奢望太多，他和他们之间的关系是单纯的金钱……仅仅是金钱而已。一张满是雀斑的少女面容突然在他脑海中闪过，让他心头一阵悸动。

第七章 故 友

沿着大陆北部开始，穿过中部的山区西行，穿过散布在平原之上的稀稀落落的村镇，绕着整个国家的西方国境走上一圈，然后再从国土的最南端向北，一路到柯迪雅城。这条路线就是历代帝王即位前必须进行的巡礼之旅的路线。传说最早的时候，进行这种巡礼的王子是孤身上路的，这个风俗最初应该是让君主了解他的国度。但如今这个旅行的真正意义已经荡然无存，当一个心理年龄不超过十三岁的少年躲藏在马车里，在一帮护卫的保护下经过这条路的时候，你能指望他学到多少东西？

连续三天的旅途都还算顺利。自从离开山区之后，天气开始转成阴雨——这种天气让路上的行人纷纷钻进了车辆中，而一辆农夫的车子几乎没有人会给予特殊的注意。

塞文谨慎地执行着自己的任务，同时计算着日期和路程。勋文伯爵的领地已经距离不远了。从街头巷尾的闲言碎语中已经经常提到这个名字。这个人的恶名早已不限于他自己的领土，而是像翅膀一样飞遍了远近。对这位闻名遐迩的贵族来说，强征赋税、挥霍无度之类根本就已经不算什么，强抢民女、偷香猎艳也只是小儿科。据说他经常率领一帮凶恶的部下，扮作蒙面强盗四处肆虐，抢劫商人、行人甚至自己的领民。那些敢于反抗的人——不管是言语上还是行动上的反抗——都会被他活活地钉死在十字架上。而他臣子的老婆、

女儿几乎一个不剩地被他染指，他最大的娱乐是让人徒手和猛兽搏斗——总之种种恶行罄竹难书。人们唯一感到奇怪的是，这位臭名昭著的贵族居然还没有被赶下台来——他的名声哪怕是王都里都如雷贯耳。

随着旅途的继续，塞文发现汤马士对小王子的关注程度与日俱增。旅行者塞文表现得非常殷勤，侦察、探听、护卫等等工作做得很出色。按照正常的逻辑，汤马士应该对塞文更加放心，也就是说，给他更多的机会和罗宾同处。然而事实上汤马士依然把年幼的君主看得紧紧的。再加上一个麻烦的蹩脚魔法师，塞文几乎没有任何单独的机会和目标共处。

这种情况让刺客暗暗有些焦急。他倒不是担心任务的完成——就算汤马士看得再紧，一两秒的空当总还是有的——而是任务后的情况。最完美的状况，也就是塞文所希望的，当然是在他和罗宾两人独处的时候动手，在完事后他就可以悄悄地消失。但如果现在这种情况继续下去，塞文怀疑自己就很有可能要领教汤马士让牧师和希莱赞叹不已的剑法了。老实说，哪怕是"剑刃"塞文，也无法保证自己可以在汤马士这样一个骑士（也许还有一个魔法师助阵）面前全身而退。

该来的终于还是来了。在这趟旅途的第六天，他们终于看到了关卡。一座约莫可以驻扎一百名士兵的营寨——就和他们打听到的一样，勋文伯爵在他的领地主干道上设置了关卡，对过路的人收取高额的税金。塞文提醒自己，经过了这个关卡后，他就是一个隐蔽的危险，而不是一个阻挡危险的屏障。

"站住，奉高贵的勋文伯爵之命，你们……"站在路口的是一个头发略微斑白的老军官。他穿着灰色的铠甲，腰上挂着剑，脸上更是透露着一股说不出来的、让人十分反感的暴戾之色。饱经风霜的脸上有数个伤疤，这些伤疤可以清楚地告诉敌人这个老人的战斗经验是多么的丰富。除了这一点外，整整十个全副武装、手持长枪的士兵站在他身后。当这辆车子接近的时候,老军官上前一步,开始那套明显练熟了的话。两个前头的士兵威胁地伸了一下长枪。汤马士停下了马车。

"……必须交纳保护你们安全的过路税金。"那个老军官说。坐在汤马士身边的塞文有些惊讶地发现那个军官的眼睛有些走神。他在考虑什么其他的问题,甚至根本没有看这赶车人的脸。

"派斯……很难过你居然连我都忘记了。"汤马士用一种最真诚的口吻叹了口气,"我还记得当我把最后一块干粮分给你的时候你的表情,那时你是多么的感恩啊。"

这句突如其来的话让那个走神的军官浑身一震。他打了个寒战,抹了一下眼睛,好像刚刚从一个梦里醒过来似的。他看着面前这个车夫——突然发出一声欢喜的大叫。"汤马士团长!"他大喊起来,"你怎么来这里了?"

在喊出这一句话后,这个叫派斯的人立刻用手捂住嘴左右看了一下。不过此时大路上并没有其他的行人,除了他的部下和面前这个老上级之外。

"抱歉,汤马士大人,"派斯恢复了正常的状况,"不过如果您不介意的话,请来里面谈一下吧?"

士兵们让开路,让这个有些奇怪的组合——四个人包括一个小孩一起走进营地里去。派斯看到罗宾的时候有些惊讶,顺口问了一句。但他没有深究,所以汤马士同样随口应付了过去。

"派斯,我记得你成了帝都近卫队副队长……你怎么来这里了。"在主客都落座后,汤马士开口问道。

"往事不堪回首啊……"派斯露出苦笑,"别提过去的事情了,看到你真的很高兴,汤马士大人……"他似乎在顾虑着什么,扭头看了一下四周,确定外面没有人在听后才继续说下去,"您是作为特使来的吗?"

"特使?"汤马士倒吃了一惊,"什么特使?"

"不必隐瞒了,汤马士大人。这里都是我的部下,十分可靠……就是让勋文伯爵下台的特使……我最近听说王都已经颁发下命令来,让勋文伯爵滚蛋。特使随时都有可能到,所以勋文伯爵惶惶不安,现在到处在抓有嫌疑的过路人……您真的不是特使?"

"真的很遗憾,但事实就是如此。"汤马士看着派斯脸上失望的神情,觉得有些不忍,"我只是有些私事经过而已——仅仅是私事而已。不过话说回来,那个勋文伯爵真的这么糟糕?连身为他部下的你都希望他早点滚蛋?"

"汤马士大人,所谓罪大恶极罄竹难书就是指勋文伯爵这类人。"罗莫插嘴道,"他无恶不作导致天怒人怨,如今黎民百姓无不祈祷他早死早超生!除了那些助纣为虐的奸邪小人和无耻之辈外,每个稍微有正直之心的人都恨他入骨。不夸张地说一句,要是把他丢给受他荼毒的人民处置,人民一定会食肉寝皮而后快的。"

"你也听说过他?"

"恶名远播,早就无人不知啦。何止在下,哪怕是极北边冰雪之地的蛮族恐怕也听说过有这么一号人物。这倒是个成名的捷径。"

"确实是条捷径。"派斯苦笑了一声,"虽然他自己还没意识到。算了,别说这个。汤马士团长,我们已经差不多十年没见……最近可好?为何到这个鬼地方来?对了,这几位是?"

"还是老样子。这十年没什么大战争,所以还好……我并不是特意来这里,只是偶然经过认出你而已。这几位介绍一下,这位是塞文,一个前途无量的年轻勇士。这位是罗莫,一个魔法师,这位是罗宾……"汤马士迟疑了一下,但随即还是说了出来,"一位身份高贵人士的……孩子,委托我暂时照顾。"

"这是派斯,曾和我骑过一匹马,喝过一壶水的老战友。一个勇敢的战士。我们曾经在北部山区一起和兽人作战,那时候他还是个年轻人……"

"幸会,幸会,派斯大人。"罗莫凑上前去,他那种套近乎的动作

让塞文眉头一皱,"能为汤马士大人如此称赞,派斯大人必定是勇冠三军的英雄豪杰。来这里一个小小的关卡当队长真是大材小用。可恨那勋文伯爵不仅暴虐无道,更无识人之能,被收回领地只是迟早的事。相信勋文伯爵那个笨蛋一滚,派斯大人必定如同潜龙腾渊一样,飞黄腾达指日可待……"他说着文绉绉的拙劣的奉承话。让塞文惊奇的是,派斯居然露出十分不好意思的表情,看来对这番话相当受用。

"队长。"一个士兵从帐篷外探进头来,"有个大商队来了,看起来有好几百人呢。"

"好的,拦住他们,我马上就来。"派斯回答道。士兵的头缩了回去。派斯重新面对汤马士。

"汤马士大人,真不好意思,有些事情需要处理……"

"没关系,正好我们也休息得够久了,应该走了。谢谢你的点心。"

"请不要这么说。从这里向前,最多不超过两个小时,就可以到城里了。我今天晚上就可以换班,换班后就可以回到城里……到时候我很乐意在酒馆中好好地招待各位。"

"对了。"汤马士站起来后好像又想到了什么,"那个首都要来特使的消息是否准确?"

"这个我也不是很清楚……事实上,这几天勋文不停地在加强领地内的巡逻。他派出大批心腹手下,好像在搜索什么人。这事从来没有过,所以大家纷纷传说首都派来特使,要收回他的世袭领地,所以才导致他作出如此不寻常的举动。不过我确实希望这个传言是真实的。要是他再这么继续乱搞下去,迟早要爆发起义。与其要人民自下而上地推翻他,还不如自上而下地叫他滚。"

汤马士点了点头。他看着派斯跑出门去执行他的检查任务,自己则和其他人走出帐篷,从一个侧门离开营地。他们的马车,已经被安置在侧门的门口。出于一片好意,那匹劣马被换成了一匹枣红色

的、筋强骨健的高头大马。他们上了车，只是略略一扬鞭子，这匹马就立刻纵蹄狂奔，速度快得让马车带起了一股旋风。

"在搜查疑为首都特使的人啊……"直到声音响起，塞文才发现罗莫不知道什么时候来到了自己的身后，"汤马士大人，这恐怕会对我们的行程带来意外。一则是数日奔波，人都已经疲惫；二则是那些勋文所宠信的奸诈小人必定会趁此机会敲诈我等过路旅人——依在下愚见，不如在城里待上一两天，让派斯大人帮我们打通关节，好平安通过这里。否则恐怕欲速则不达。"

欲速则不达……说得好。塞文突然发现这个魔法师的话还颇有水准的——这个提议对他执行秘密任务来说再合适不过了。如果继续再这样白天赶路，晚上睡马车的话，他的秘密使命的风险必定大增。要在汤马士的剑前全身而退多少是有点挑战性的。

"这样也好。"汤马士回答道。罗莫缩回了车厢，在他的头钻回去之前，完全出于意外，塞文的眼角瞄到了魔法师脸上那一抹狡猾的笑容。这个有些诡异的笑容让他心头一震。

"风有些大，我进去一下。"塞文随便找了个理由离开了马车的副座。他用悄然无声的动作钻进了车厢。果然不出所料，他看到罗莫正面对着车窗——实际上就是一块油布盖着的缺口。魔法师的手伸出窗外，一道白蒙蒙的东西从他手中腾起，速度快得让人眼分辨不出那是什么。但是塞文毕竟还是看到了灰白的肉翅——那是一只蝙蝠。而另外一边，罗宾则有些好奇地打量着魔法师的背影。魔法师用身体挡住了他手上的情况，让罗宾无法看到他干了什么。

杀手的心里发出了一声冷笑，但他并没有声张，而是悄悄地坐到了一个角落。罗莫带着心满意足的神情转过身，毫无意外地被吓了一跳。

"塞文……你什么时候进来的？"罗莫问道，同时竭力掩饰自己刚才一瞬间的惊慌。

"就刚才。"杀手微笑着，装出一无所知的样子，"你刚才向着窗

子干什么？"

"没什么。"也许是从塞文那副逼真的表情上得到勇气，魔法师平静了下来，"在下只是随便看看外面的风景而已。要知道，老在马车里多无聊。"

"确实无聊。"塞文点头同意。他没有费神去拆穿罗莫拙劣的谎言——而且就算拆穿了又有什么用？他只需要记住罗莫刚才那偷偷摸摸的举动和用来掩饰这个举动的谎言就够了。塞文不得不承认罗莫装扮得十分出色——他应该去当一个演员，这无疑会让他取得极大的成功。一直到刚才为止，塞文居然从来没有对这个路边冒出来的七分像江湖骗子的魔法师起过疑心。

不过前面的汤马士却明显对魔法师做的一切毫无察觉，车轮的高速转动就是个证明。车轱辘发出的吱吱声响个不停，看起来这辆糟糕的车子根本就无法承受这匹健马的速度。不知道为什么，汤马士对车子的呻吟不理不睬，只顾加快速度。就在塞文怀疑马车就要在下一秒钟散架的时候，车子慢了下来。

"到了？"塞文的头探出车窗。确实到了，巨大的城堡已经在望。沿着平整的大道看去，可以看到城堡的入口处有一条长长的人龙。事实上，他们的车子已经是这条人龙的一部分了。勋文肯定是让部下在这里仔细搜查。塞文看到那些士兵在忙碌地检查一个又一个要进去的人。不过有一点让他费解——在临近士兵的那一段人龙中，大部分人都卷起了衣袖，露着右手胳膊。

"怎么回事？不走了？"塞文钻回到副座，轻声地问汤马士。他突然发现汤马士的脸上似乎笼罩着一层阴云。

"我们走，不进城了。"汤马士回答。他驱赶马车想掉回头。但是这个时候一队士兵——很明显是在外面执行巡逻任务归来的——正好从他们车子的左侧经过。车子的异常行动引起了那个队长的注意。他带着两个兵来到这辆可疑的马车前面。他的眼角扫过那匹健马，马屁股上清晰的火印让他的警惕神态缓和下来。

"没见过你呢……新来的吗？"那个队长看着汤马士那副铠甲发问。那身铠甲上几乎没有任何磨损，还很新；而汤马士的神态姿势则一看就像个军人。这两点再加上先前所见的军队的火印，让他的声音中已经完全没有敌意，从话里判断，他大概把汤马士当作自己人了。

"是的。"汤马士左右看了一下，确定自己不可能驾车强行突破后，用一种标准的军人音调回答。

"虽然你应该是个老兵，但这里你可是个新人……要一个新人带个打杂的负责驾驶重要的军用物资运输车……真不知道上面那些人是怎么想的。喂，老头，别在这里排队，跟着我们进去。拖延时间勋文大人一定会发火的。"

塞文这才明白那个队长把他们这辆车当成运输军事物资的运输车了——确实很容易误会，因为这辆车就是运货车改装的，而他们的马又是如假包换的正牌军马。

"是的，大人。"汤马士不情不愿地回答。他被迫跟在这队巡逻兵后面走向城门。城门的士兵没有检查同僚的队伍，任由他们走进城里。进入一个僻静的拐角后，那个队长再一次来到马车前。

"老头，不要拖延时间，快点把货送到仓库那边去……你认识路吗？要我派个人帮你带路不？"

"不用了，大人，他们已经向我讲述过我的目的地。"

"那就好。以后记得不要像那些死老百姓一样排队消磨时间。勋文大人喜欢手脚麻利的人。"队长对这番协助看来很满意，他带着手下消失在街道拐弯处，剩下汤马士一个人掉转车头。

"我们要去仓库那边吗？"一直躲在车里看到整个过程的罗莫冒出头来，傻乎乎地凑了一句。

"是的，把你卸到仓库里。"塞文挖苦道。他心中告诉自己这不过是罗莫的策略——一个平常的策略，通过古怪的言行和发表愚蠢的见解让自己看来毫无危险。事实证明这个策略虽然常见却还是十分

有效。起码对汤马士依然有效。

"我们还是找个旅店……明天找到派斯再做打算。对了，罗莫，你有没有办法把这匹马的火印给隐藏起来。"

"举手之劳而已。"罗莫殷勤地跳下车，开始施法。他的手一阵乱晃，原先那个清晰的火印转眼之间一点痕迹都没有留下。马屁股上只剩下一块颜色略有不同的花斑。汤马士看着罗莫的一举一动。他一向不信任魔法，但此刻却觉得魔法确实很有一些实用价值。"你是怎么做到的？"汤马士不禁问。

"小意思而已，魔法师总是有很多小把戏的！"罗莫得意地挺直了胸脯，满脸笑容地对着汤马士。不过大概他把雷电和火球扔到汤马士头上的时候，也会保持这样的笑容吧——塞文在一边有些恶毒地联想道。

虽然外面想进城的人排成一条有相当规模的长龙，但城里酒馆旅店的生意明显并不怎么样。当汤马士推开一家不起眼的小店的门走进来的时候，他的鞋子撞到了一个桶。而那个原先靠着柜台打盹的老板则一下子跳了起来。

"有房间吗？"汤马士和颜悦色地问那个惊恐不安的中年男人。那个可怜人明显被汤马士的一身打扮吓住了。他过了好一阵才能确定汤马士并不是城里士兵的一员。在这番对话中，几个人对城里的情况有了进一步的了解——也就是说，对领主的荒淫无道有了进一步的了解。这个店的房间空得很，事实上，他们四个是仅有的一批客人。这家店在过去十天里一个客人都不曾招待过。其中的原因非常简单，因为这店的主顾——那些小商小贩和小股的旅行者已经被高额的过路税金和粗暴野蛮的敲诈勒索彻底赶走，就算偶尔剩下一个两个也被其他更好更热闹的店拉走了。

不过这样才更符合汤马士的需要，也更符合塞文的需要，也许——仅仅是也许，也符合罗莫的需要。

他们在这间小旅馆里度过这一天剩下不多的时间。汤马士表现

得十分慷慨，让老板以为他终于撞到好运，找到一个大主顾。因此，在主客交谈的时候，他可以说是无所不言言无不尽。罗莫带着好奇的表情听着汤马士和老板的对话，时不时地插上一句，而塞文则尽力表现出最大的冷淡，装作自己对桌子上的菜肴和酒兴趣更大的样子。然而实际上他的耳朵一句话也不曾漏过。

他很快就判断出来，汤马士旁敲侧击、拐弯抹角的扯话目标只有一个，那就是城门口为什么要检查行人的臂膀。其实这事情本来确实很容易引起好奇心。如果不是杀手关注自己的任务胜过关注其他一切的话，他也许已经开始打听了。

"我说……不只是你，连那些城门口的兵也把我当作城里的士兵了……"

"没错，大人。现在城主在疯狂招募新兵——不管什么样的都要，所以现在城里穿着盔甲的新面孔很多——他们中大部分都是土匪！"

"确实太糟糕了。对了，说起来你觉得城主想干什么？我看士兵在门口检查行人的胳膊……"

"说来也奇怪。天晓得城主被哪个魔鬼迷上了，他居然认为——毫无疑问，那是我听说过的最荒诞不经的愚蠢念头——一个胳膊上有灰色斑块的年轻人将要来杀死他。所以他在拼命地搜查这个年轻人。"

那一瞬间，塞文看到无论汤马士和罗莫的脸色都整个一变。不过仅仅是一瞬间他们都恢复了常态。而且看起来他们都没有注意到另外一个人脸上的变化。

"胳膊上有灰色斑块……这里什么时候多出一个预言大师来了？"罗莫用一种轻松的口吻说道，"要知道，上一个预言大师，也就是传说中的贤雅大师，已经死了至少五十年了。至今我还没听说过有另外一个有预言天分的大师出现呢。"

"没什么大师……大概只是一个荒诞的梦引来的荒诞的念头。"

店主仔细地擦拭一个杯子，同时回答，"城主身边还是原先那帮人，没多什么新面孔。"

塞文把注意力转向依然在吃东西的罗宾。他看起来一点也没有听到那番对话，而是在专心地吃自己的晚餐。塞文原先打算从他的脸上分析出一点东西，但事实上他发现自己高估了这个孩子。毕竟这个孩子只是一个毫无心机、纯真到幼稚的少年，他又能知道多少事情呢？

"对了，汤马士大人，依据在下愚见，或许我们应该趁这段停留的机会整修一下我们的马车？据在下估计，如果日后我们还用那匹骏马拉车的话，我们的车恐怕有翻覆之患。此时整修正是时候，城里工匠齐全，总比乡下那些手艺拙劣之辈管用。虽然目前车辆完好，但不可不防，所谓小心驶得万年船就是这个道理。"

"正确选择，找个机会出去取得联络。"塞文心中暗自说道。他突然觉得罗莫身上居然有颇多技巧值得欣赏，起码在寻找借口方面是如此。

"确实有必要。"汤马士仔细考虑了一下，"那么好吧，明天中午我们再去找派斯，早上就让塞文把车拉去修理。"

说真的，塞文还蛮喜欢罗莫此刻脸上的表情。

门外传来一声当地口音的高叫。正在整理餐具的老板应了一声，接着转向他的这些客人："各位大人，有点事情，我必须离开一下。要过一会儿才能回来。"

老板的身影消失在店门口，剩下三个大人和一个小孩围坐在桌子边。大厅里很空旷，如前面所说的，他们是仅有的一批客人。

"他在寻找胳膊上有灰色斑块的人……为什么？"在沉默了一会儿后，汤马士自言自语地说道。

"我胳膊上就有一个……"罗宾突然说道。他掀起自己的衣服袖子，露出手臂上一块清晰的灰色斑点。非常明显，那是天生的胎记而不是后天人工所做的。

"啊……这个，我想起来了，我听说过这是王族血统的证明……所有王族都有这个标志。"罗莫一拍脑袋，把恍然大悟的表情伪装得十分到位，"只要有这个标记，就说明他身上有王族血统。"他突然转向塞文，"对了，前几天我意外地看到塞文大人的胳膊上也有一个类似的斑点。"他用一种意义不明的语调说道，同时一只手接近自己腰带上的药材包。一个法师打算施展魔法的时候，经常会需要药材。

塞文的脸上看起来毫无变化，右手却悄悄接近自己的剑。他知道讨论这种问题也许意味着什么。

"不过其实也没什么。"罗莫的双手一摊，"柯迪雅立国数百年，所谓的王室血脉不知道有多少流落到民间。王子和宫女发生私情屡见不鲜，那些庶子就把血脉带到了这个国家——也许是这个世界的每个地方。实不相瞒，在下的手上也有这么一个东西哪。这个标记什么也说明不了——除了说明祖先血统高贵，以及自己也能算皇亲国戚（虽然那些皇族是不会承认的）以作为炫耀的资本外，什么用都没有。"

塞文的手慢慢地回到原先的位置。他发现汤马士脸上刚才慎重、警惕的神情少了很多，转而是一种思考的神情。

"所以汤马士大人不必忧虑，这也许真的只是一个无聊的荒诞念头而已。"罗莫说道，这句话清楚地暴露了他刚才恍然大悟的神情完全是装出来的。不过汤马士却没有发现这一点，他只是轻轻地点了点头。

"明天再说吧，今天大家先休息。"四个人依次回到自己的房间里，罗宾跟着汤马士一起。

"该死的，他保护得还真是好！"塞文不禁暗自咒骂。今天晚上恐怕是没有机会了。

"战斗的意义……"在塞文入睡之前，他又想起汤马士那句毫无根据、可笑非常的话来。不知道为什么，最近他总是忘不了那句话。在他生活的早年，战斗的意义就是生存，即使是现在也没有改变。活

下去，而且要活得更好。

这个夜晚过得很快。天亮的时候，塞文就离开了自己的房间。他在马厩里洗刷了马匹，接着就套上了车。他已经很清楚汤马士交代的这个任务对他有多么的重要——作为一个刺客，他早就掌握了把任何一件事情变得对自己有利的办法。对，罗宾总是习惯性地躺在车的后角落——一个完美的目标。只需要在车架上小小地动一点手脚就足够了。

在塞文赶着车走出门之前，一个声音响起来了。魔法师罗莫，慌慌张张地从屋子里跑出来。"塞文大人，等等我！"他高喊着，一直跑到车边，然后费力地爬上车子，"我和您一起去。"

"你应该留在这里。"塞文皱了下眉头，但却没有拒绝。其实带上魔法师也没有关系——毫无疑问，中途罗莫必然要找个理由离开他的。

"汤马士大人让我陪着你。"魔法师示意了一下自己手里的木杖，"他说您可能需要我的艺术。"

"是有可能。"塞文回答道，"不过首先，我们得在城里转上半圈，打听一下木匠的住所。"

街道上已经开始热闹起来。就算城主勋文伯爵在抓什么有灰色斑纹的人，百姓的日子还得那么过。该做生意的还要做生意，该干活的还要干活。起码在城里的日子好过些，毕竟俗话说兔子不吃窝边草，勋文伯爵在城里胡来的程度可比外面好多了。所以，城里还算繁荣，马车穿过市集的时候，几乎被繁忙的人们堵得动弹不得。

"这城里情况还不错啊。"罗莫坐在塞文身边说道，"大店小店都有。"

"是啊。"塞文心不在焉地回答，同时开始猜测罗莫到底要以什么借口离开。

"有好多好玩的东西。"

"没错……"塞文回答，但他的耳朵忠实地提醒他，说刚才这句

话的人不是罗莫。"谁！"刺客扭头看去，看到车里少年的笑容。

"你怎么来了？"塞文冷冷地问，同时明白他已经没有必要再在车上做什么手脚了。

"整天旅行太闷了，汤马士叔叔总是不许我离开太远。难得到一个城市里来，我想好好地转一转。"

"先说清楚，小少爷，我可不是保姆。"塞文像豹子看着走到伏击圈里的鹿那样地看着面前这个天真无邪的孩子。是的，纯洁地死去是他的福气——起码他可以不沾染这个世界上的黑暗的东西，而且还可以令他人获得财富。他并不期待用剑刺进这个小小身躯的时候的感觉，但是对此也不会反感。

"我知道，我只是想看看城里的情况而已……"

"喂！是谁允许你们赶着车子经过这里的？"一只胳膊扣住了骏马的辔头，接着一个声音响了起来。塞文侧眼看去，看到了两个年轻人。

刺客的脸微笑起来，他几乎已经看到了一个前景。一场冲突，一个意外，然后他甚至可以大方地和汤马士告别——当然是和伤心欲绝的汤马士。

"你得为阻碍他人的交通而受到处罚！"说话的人把这个微笑看成怯懦的表现，这大大提高了他的勇气。他把一只手伸到塞文和看起来惶恐不安的罗莫面前："拿来！"

塞文的手按住了他的手，并顺势将他的整个胳膊都扭了过来，手臂按在了车厢上。一把匕首插到了手指的缝中，深入木板。匕首的刃稍微割开了一点皮肉，让车厢木板上留下一小摊红色。那个年轻人向后退去，脸色发白地看着自己手上的伤。

"你给我等着！"他丢下这句经典的话，和他的同伴一起冲进了人群。塞文拔下匕首，若无其事地收好，然后继续前进。

"等一下，塞文大人。"罗莫急切地凑了过来。"小敌退大敌必至。这两个流氓一定不甘心，他们会带着同伴再来的，而且一定会带着

第七章 故友

武器过来。所谓君子不立于危墙之下，尽早离开才是上策……"

"我的本领就这么令你失望？"塞文反问。罗莫虽然还想再说什么，却说不出口。只是带着惶恐不安的表情看着人群，以及在人流中慢得如同乌龟一样的骏马。他的伪装真的很出色。

"哇，好漂亮的香粉盒……这个镜子真精致……"罗宾开始站在塞文的身后，观察集市上的商品。塞文平静地驱车，在罗莫依然左顾右盼毫无感觉的时候，塞文已经在人群中看到了刚才那两个面孔。他清楚地看到其中一个手上拿着钉头锤，而且他们身边还多了好几个壮汉。他们正在分开人群，接近马车。

塞文跳下了车。

"喜欢这个吗？"他的手指向一边的镜子。这个精巧的小玩意儿明显来自遥远的地方，因为它的外形非常的新奇。少年的脸上露出惊喜的表情。塞文平静地下车，付钱，把镜子交给这个孩子。然后，正如他所预料的一样，在他还没有坐稳的时候，那群人已冲了过来。集市上的人，不管是行人还是商人都纷纷让开。很明显，这里的人都知道这群人是谁，以及他们打算干什么。

"就是他们！"塞文听到一声狼嚎一样的声音。接着五六个人就冲了过来，每一个人手上都拿着武器——除了一个外。那是一个大个子，而且明显是这群人的首领——他的胳膊粗壮得如同大腿。这个突然袭击让魔法师大吃一惊，他跳下了车，但却不幸给过长的缰绳绊了一下——他摔在地上，缰绳缠住了他的脚。毫无知觉的马匹拖着他走了几步，让他一时爬不起来。塞文拉着罗宾从另外一面跳下车。表面上他是在保护，但实际上如此一来少年就和他联系在一起，无法躲在车里以避过这场风波。这一切都是一场戏，塞文突然发现自己真的很会表演。没错，他将在罗莫面前表演得天衣无缝。

"有种的过来，看老子教训你们！"他虚张声势地喊，同时拔出剑威胁地舞动了一下。看到他拿出了武器，那些流氓也毫不客气地舞动手里的家伙步步逼近。塞文在他们中看来看去，然后选中了一

个手里拿着一根狼牙棒的家伙。这根狼牙棒上面包裹着一层厚铁，沉重坚实，而且满是吓人的长钉。而持有者的臂力却明显不足以把这武器控制自如。如果他全力一击的话，在击中什么东西前是不可能收得住的。

塞文一只手拉着罗宾退到一个角落。他挡在少年的前面用身体保护少年，但也挡住了罗宾趁乱跑进人群的方向。

一个流氓冒冒失失地扑上来："你们完蛋了！"他高喊着舞动手里的钉头锤，用力砸向塞文。大部分流氓都走向塞文，只有那个看起来是首领的家伙逼向罗莫。"不要用暴力……"罗莫这么叫着，同时手忙脚乱地想解开绳子站起来，而那个流氓已经走到他的面前。

塞文用左手轻巧地捏住对方的手腕，利用对方的力量压下胳膊，把看似凶狠的一击变得毫无威胁。他顺势扭动手里的猎物，把对方整个手反扭了过来，对方丢下了手里的武器，然后他用力一推，那个流氓向前踉跄了三步，于是塞文再上前补一脚，流氓扑在街道上，摔了一记狗扑屎，半天没能爬起来。人群中传来一阵喝彩声。

剩下的三个人逼近了。这一次流氓们个个明显都是鼓足了劲。"小心，别乱动。"塞文低声和身后真正的目标说道。

那个走近的流氓向罗莫伸出一只手。

"谢谢……"魔法师很高兴地抓住这只手，借这只胳膊的力气他才能站得起来，然后甩脱那些纠缠不清的缰绳。

"不用谢。"随着这句话，右勾拳重重地落在毫无防备的魔法师下巴。

罗莫步履蹒跚地后退，昏眩感几乎吞没了他。他拼命地和昏眩作战，试图找到一点平衡，然而又一记拳头落到他的胸口，几乎把他打得窒息。

罗莫继续向后，一只手靠上了已经停下来的马车。他挣扎着想用手组成魔法的符号，于是另一记勾拳打在他下巴上。一瞬间他感到眼前金光乱闪。等他恢复一点神智的时候，他看到那个大个子就

站在眼前，居高临下地看着躺在地上的他。

"不要再打了……"他大声地呻吟，"不然……"

"不然怎么样？"那个流氓很有兴趣地问。他并没有看到一根棍子在他背后被高高举起，然后以万钧之势落下。

"就这样……"罗莫有气无力地向趴在地上的流氓说道——当然，那个流氓已经听不见了。汤马士走上前来，再一次向罗莫伸出一只手。

"谢谢……"

"不用谢。"汤马士用力把罗莫给拉了起来。

在另外一边，战斗已经进入白热化的状态。三个流氓你进我退地联手攻击塞文。一把钉头锤、一根狼牙棒，还有一把缺口的斧头轮流和他的长剑交错。塞文的动作太迅速，这些东西都没能一下把他打中。这些人没有受过任何训练，动作和一个农夫一样蠢笨。塞文无法想像他们是靠什么在这里当一个流氓——即使一对三，他依然有闲暇注意罗莫那里发生了什么。他看到了汤马士用一根大木棍击倒了那个壮实得像个食人魔的流氓首领。

塞文的机会来了。那个手拿狼牙棒的流氓手下落空，所以此刻恼羞成怒，不顾一切地冲上来，棒子猛烈地砸向他的腰腿——也就是罗宾头胸的高度。另外两个也同时发动了进攻。

"汤马士？！"塞文装作看到了老骑士所以很吃惊，因此身体自然顿了一顿，一时失去了及时反应的机会。接着他躲过砍向他脑袋的斧头——以一种看起来狼狈万分的方式。他的身体向右转，让自己的腿主动迎向那把钉头锤。他看得很清楚，那个流氓动作轻巧，手臂幅度很小，即使他的腿被打中也绝对造成不了严重的伤害——最多一点淤伤。然后塞文身后的少年就会正面和狼牙棒接触。完美的表演。

然后塞文看到自己身后的罗宾已经消失了。

少年的身体在塞文的左侧，闭着眼睛，弓着身子挡在他的腿前面。罗宾看起来非常害怕，既怕疼又怕死，但是他还是挡在塞文前

面，用身体来面对那把狼牙棒——那根看上去恐怖又可怕的巨大棒子。罗宾紧紧地闭着眼睛，牙关紧闭，脸色发白，因为年幼和保养的双重缘故而异常娇嫩的脸上布满了细细的汗珠。

塞文有些惊讶。但是那小子抱住了他的腿，让他不能靠步伐躲闪。也许是出于本能，他的剑不假思索地迎向那根狼牙棒。剑身和铁棒刚一接触，那个流氓就已经失去了对狼牙棒的控制，被轻巧得多的剑带着砸向另外一边的摊子上。钉头锤则砸到了塞文的右腿。

汤马士扑了上来。他虽然没穿铠甲，并赤手空拳，但他的拳头也不是好对付的，那个想把巨大的狼牙棒重新举起来的流氓仅仅挨上一拳就飞了出去。这一拳真够重，那个流氓躺在地上挣扎着咒骂着，却始终爬不起来："该死的老头，拳头硬得简直像个骡蹄！"

剩下的三个流氓，一个举着斧头，一个拿着钉头锤，还有一个空手（即被塞文夺下武器的那个）仓皇地左右张望，一时不知道应该就此逃走好还是继续打下去好。汤马士咯崩咯崩地捏着指头关节，慢慢地向他们三个靠近。

他们马上就为自己没有及时逃跑而感到后悔了。

"汤马士大人，您来得真是太及时了。"在看着汤马士结束了一切后，罗莫立刻凑过去，又开始他的阿谀奉承。汤马士没有理会他，而是走向塞文。

"没事吧。"汤马士看向塞文的腿。

"没事。"塞文抬了一下腿，伤势比他预想的还轻。他甚至可以说根本没受什么伤，过一个晚上就可好。他只是浪费了一个极好的机会。但他在心里对自己说，这是正确选择。那个流氓的棒子沉重非常，不但可以把那个小子给砸扁，那些长刺还有充足的余力穿透他的身体——他做出的是正确的举动，和猎物一起同归于尽可不是杀手的作风——那叫死士。

还会有机会的，塞文轻声告诉自己。

"你怎么可以这么不爱惜自己！"汤马士的目光转向罗宾，那

严厉的神色和语气吓得少年畏缩不已,"你帮不了任何忙,除了帮倒忙!我和你说过一百次……"汤马士四顾了一下,发现很多人都在看着自己,于是他换了个话题,"我们走吧,一起把车赶到木匠那里。"

修理加固马车并没有花费多少时间。一个手艺过得去的木匠只需要一个小时就可以做完这份工作。在快接近中午的时候,塞文他们已经回到了栖身的旅店。

"你为什么那么做?"找了个空,塞文问罗宾。少年缩着腿坐在车上,因为先前的呵斥(在修理车的时候,汤马士好好地训斥了他一顿)而显得没有多少精神。"你不怕那根棒子打倒你吗?还是觉得你很勇敢,可以忽视任何危险?"

"我很怕……"沉默了几秒钟,少年抬头看向塞文,"那一下我几乎吓得要哭出来了。"

"那你为什么这么做?证明自己的勇气?不,那只是愚蠢,没有任何荣誉可言。"塞文试图向少年证明那种举动的错误。

"可是我……我只是不希望你受伤……"少年看看塞文,眼里有一种不属于纯真少年的东西,"只是……我不希望你受伤而已。我真的不希望再失去什么人了。"

"失去?"

"在我身边……经常有人消失掉。别人告诉我那个人只是离开,只是去了别的地方……可是我知道那只是哄我。他们都彻底消失了,永远也不会回来了……就和汤马士叔叔的部下一样。他们……也都是消失了……"他用一种忧伤的声音回答。他的声音和语气里带有的哀伤是如此的深邃,哪怕是刺客充满杀机的心都有所触动。罗宾并不是他想像中那样天真到对一切都一无所知,他只是装出一副一无所知的样子,好让身边的人们可以不为他担忧。

针对这个孩子而行动的刺客,塞文并不是第一个。也许把名单全部列出来可以让任何人为之发出惊叹。

"我们到了。"外面的罗莫发出一声叫喊,"快下来!"

塞文离开车子。他们已经回到这个小旅店的后院——一个有马厩的大院子。院子里很安静，但直觉告诉塞文这里曾发生了事情。

"脚印！"他低声说道。在饮水槽边的湿泥上，几个清晰的痕迹印在上面。那不是普通的痕迹，而是铁靴留下的痕迹，"有士兵来过这里。"

"那很正常啊。"罗莫不以为然地说道。他的精神有些不振，想来和没有找到借口一个人离开有关系。的确，士兵进旅店检查是否是可疑分子是非常正常的事情，没有必要大惊小怪。只要不裸露出胳膊，他们就是非常普通的旅客，仅仅是旅客而已。

他们四个依次走进大厅。老板还在柜台边拿着一个盘子反复地擦来擦去，看见他们进来后，有些生硬地笑了一下。

"老板，帮我们准备一下午餐。我们下来后立刻要用。"罗莫一边向通往房间的过道走去，一边向老板喊道。没有人注意老板古怪的眼神。在他们穿过大厅中央的时候，一阵喊声从二楼传来。

"放下武器，以勋文伯爵的名义，你们被逮捕了！"一个戴着孔雀翎毛的卫兵出现在二楼上，随着这个声音，武装的士兵从各个门口蜂拥而入。

三个人围着罗宾站成一个圈。如果说此刻他们还有点疑问和侥幸心理的话，下面就什么都清楚了。因为老板大喊起来："就是他们！是他们！他们胳膊上有灰色斑纹！"

"把袖子拉起来。"那个领头的军官说道，每个门口都被占领了，十余把长矛包围了这几个可疑分子。

"等一下，我先声明，我是一个魔法师……"罗莫举起手，装出无辜的样子，把所有人的注意力吸引到他身上，"所以呢……吃颗火球吧！"

他挥动了一下手，一个炽热的火焰球体出现在他的手上。

"快避开！"不知道谁喊了一声，所有的人，包括老板在内，都争先恐后地向门外撤退。每个人都知道火球术的威力——即使他对

魔法一无所知也会明白,这样狭窄的空间正是火球术发挥最大威力的地方。楼上的军官看到罗莫把目标瞄准自己,立刻从二楼的窗户跳了出去。

"不要把火球放出来,这会伤到我们自己的!"汤马士大喊。

"不行,我坚持不了几分钟……我不能停止这个魔法!"罗莫用最大的嗓门回答,但他手中的火球却已经消失。汤马士用迷惑的表情看向罗莫,魔法师却只是神秘一笑,"我们快走,去房间里拿我们的装备!"

"刚才是怎么回事。"塞文一边跑一边问罗莫,"那明明是一个大火球……"

"没什么,一个魔法师总是有很多小把戏的。"罗莫得意地回答。

罗莫刚才这一手确实给他们争取到了很多时间。但骗局终究要被识破的。一开始每个人都在等着毁灭性的火焰和热流从门口冲出来,一直到一个大着胆子的士兵从门口向里看了一眼为止,然后他们就再一次蜂拥而进,发誓要逮着那个骗子魔法师活剥他的皮。

"他们逃不掉的,我们守着门口呢!"气急败坏的军官指挥着部下搜索前进。

"我们怎么出去?"听到外面的咒骂后,此时还在旅馆最里面的塞文问罗莫。"他们守住了每一个门口。"

"你没听说过一句谚语吗?'魔法师不需要门'。"

"为什么?"

"因为魔法师都有很多小把戏。"罗莫走到一堵墙面前,取出一块黑色的布,把它抖到墙上。被这块黑色所遮盖的部分立即消失,现在,他们和外面的街道之间没有任何的障碍。在他们全部走出去后,罗莫把布扯下了墙。于是那些冰冷的石头就把追兵隔绝在后面了。

"没了马车也没了马——但总比什么都没有了要好。我说得对不对?"罗莫问后面的汤马士。

"没错。"塞文替汤马士回答,"看来我们要提早去找派斯了。"

第八章 牺 牲

"基于现在的问题,在下觉得有必要选择一个接头之地。"罗莫提议道,"恐怕那些卫兵已经记住了我们的外貌,随时可能开始在城里搜索。到时候很可能唯有化整为零才是上策。如果不选择一个接头之地,我们可能难以脱身。"

"说得对。"塞文赞同。这里是城市的偏僻角落,此时又正是人们吃午餐的时候,所以街道上没有行人。他们可以随便交谈而不必担心引起什么人的注意。

汤马士刚想开口,前面却听到令人警惕的声响。他机警地靠在墙上,探头向前看。果然,前方有一队士兵走过。那个领头的军官头上的孔雀翎毛十分眼熟。这确实就是刚才试图逮捕他们的那群士兵,因为他们正押着那个出卖他们的酒馆老板。毫无疑问,那群因为被戏弄而火冒三丈的士兵拿那个老板当了出气筒和替罪羊。老板被五花大绑,满脸青肿,不停地向那个军官解释。但这明显毫无用处。

"啊,在下有一个好办法了。"看这那群人走远,罗莫突然叫出了声,"所谓'最危险的地方就是最安全的'。那些士兵既然已经抓走老板,搜索过旅店,绝对不会以为我们还会在店里。我们正好反其道而行之,偏偏就回旅店之中。汤马士大人以为如何?"

他们迅速绕了一个大圈子,回到旅店的门口。门口贴上了带有勋文伯爵徽章的封条。罗莫又耍了一个小法术,毫无困难地就解开了封条，等他们进门的时候封条又自动贴回去。这样一来，即使有一个士兵回来查看情况，也决计想不到那群人已经进了这里。而且更令人高兴的是，他们发现他们的马和车居然都完好地停放在院子里。

"我想他们最迟明天，最早今晚一定会来拿这些战利品的，所以今天晚上我们一定要想办法离开。我就直接去找派斯了，你们两个好好保护王子殿下。"

"等一下，汤马士大人，您一个人去会不会……"

"我混进他们之中比较容易。"汤马士回答。事实上，他就是被当成城里的士兵进城的，"打听到派斯的下落应该不难。更何况我手臂上没有斑纹，就算混不进去也可以打听。但如果带上你们，就容易发生差错。"

罗莫没有说话，而是低头思考。塞文相信这个魔法师已经在心头大喜过望。正如他预料的一样，罗莫很快就显得自己被汤马士说服了。汤马士很快地离开了。现在旅店显得空旷的大厅里只有塞文、罗莫以及罗宾三个人。塞文看着少年柔软洁白的脖子，考虑着自己应该如何不留后遗症地利用这个机会。罗莫也在看着那个孩子，他脑子里考虑的东西应该和塞文没有太大差别。

先干掉魔法师，再办正事？塞文考虑着这个计划，这个方案成功率很大。魔法师念完他的咒语需要两三秒，而两三秒内能做的事情实在太多了。然后他就可以溜出去——就算城门口的守卫再森严，要阻止他这样一个经验丰富的人也是不容易的。如果汤马士还在，塞文也许不会做这种尝试。汤马士剑法高超，和他作战塞文没把握，而这个罗莫也许掌握着某些威力强大的法术……塞文的手慢慢摸到剑柄。罗莫很可能和他有一样的念头。先下手为强，后下手遭殃。

他的眼睛再次看了一下罗宾，罗宾也正看着他。少年明亮的眼睛让他心头莫名地发紧。把剑刺进这孩子的心脏——这只是一个杀手的工作，仅仅是工作而已。他说服自己，但心中却又想起先前这孩子声音里深邃的忧伤。

　　这场心理斗争——其实也说不上斗争，只是略微犹豫而已——马上就结束了。塞文的手落在剑柄上，他的责任感胜利了。

　　"塞文……哥哥……"罗宾突然说道，这个称呼让塞文和罗莫同时一愣，"有个事情……可以吗……"他有些害羞地说道。

　　"说吧。"塞文平静地回答，手也暂时离开了剑柄。

　　"我想……去洗澡。"花了好几秒钟之后，罗宾才鼓起勇气说道，"好容易来城里……我现在身上很……不舒服……"

　　"我记得这里有浴室的。"塞文不以为然地回答，"现在肯定空着。"

　　"……这里的浴室……很脏……而且门是漏的……"他声音又轻又细，同时吞吞吐吐，一副十分羞涩的样子。不过话说回来，这也难怪，就以罗宾平日来说，他即使大小便都是躲得远远的，到别人看不见的地方独自解决。

　　"可是我们得在这里等汤马士大人。"罗莫说道。少年用乞求的目光看着塞文。

　　塞文和罗莫对看了一眼。从罗莫的表情上，塞文有些惊讶地发现对方已经赞同了。

　　"好吧。在下留在这里等待汤马士大人。"罗莫说道，"仅仅去洗一个澡应该没什么危险的，只要选择单人浴间就可以。对了，澡堂在城里的哪个地方？"

　　"就在城门口附近……我进来的时候看到了。"

　　太阳的光芒从天空落下，将地上人们的影子压缩到一天最短的距离。此时是中午时分，而集市上的喧嚣依然在继续。街道上车水马龙，行人不得不靠边前进，同时还要忍受那些精明商人的骚扰。一辆车子从路中间驶过，挤得行人不得不向路边作最大限度地靠拢。

　　"先生，要香肠吗？一个铜子三根。"一根叉在木叉上的香肠猛地被递到塞文的面前。木叉后面是一张商人精明而温和的脸。塞文本能地想拒绝，但在此之前，叉子的目标就转移到他身边的少年头

上。

"小弟弟,这个很好吃哦!"看到罗宾脸上清晰的欲望,商人大受鼓舞,立刻用他的三寸不烂之舌发动一系列攻击,"又香又脆,外焦里嫩……闻闻,多香啊……"

塞文也看到了罗宾脸上的表情,同时想起他们还没有用午餐。看着少年馋涎欲滴的表情,塞文的手伸进包里拿出来了几个硬币。

"您的香肠,先生。"

"谢谢,塞文……哥哥……"

"哥哥?"塞文觉得有些不可思议。他想起先前少年就用这个称呼来称他。罗宾最多不过十五岁(前面说过,很可疑的年龄),而塞文起码有三十岁——他的年纪超过这个少年至少十五岁,甚至有二十多岁,这样大的差距却居然被称为哥哥。

那么是自己看起来很年轻?不,这不可能。塞文很清楚自己现在的外貌特点。风尘仆仆的衣着、饱经风霜的面容,胡子拉碴的,这样子绝对不会让人低估自己的实际年龄的。

"因为我觉得塞文先生很像我的哥哥。"看到塞文露出疑惑的表情,罗宾一边吃一边解释。

"你的哥哥?"如果没错的话,这个孩子是独子……他是曾经有一个哥哥,那也是他出生之前的事情了。

"妈妈曾经告诉过我……我有一个哥哥。总有一天他会来找我……"罗宾腼腆地笑着,"一个温柔而强健的哥哥,他会保护我……那天塞文先生跳上车的时候,我已经吓得迷迷糊糊的,心中第一个想到的就是哥哥来救我了。"

塞文淡淡一笑,心中疑惑完全消失。母亲告诉他他有一个哥哥,没错,还经常有母亲告诉孩子他的父亲是国王呢——那只是母亲为孩子编织的梦而已。也许仅仅是给孩子的梦。

"我可以叫你哥哥吗?"少年又问了一句。

"随便。"塞文回答。杀掉这个孩子只是工作——单纯的工作而已。作为个人，塞文对这个孩子并无恨意，也没有必要终结他美好的梦想——让他带着美好的梦想死去也是一件好事。他和少年之间的关系也仅仅是金钱而已。汤马士雇用他来保护罗宾，而霍尔曼则让他杀掉罗宾。塞文相信整个过程不会有任何痛苦的，剑刺进心脏那一瞬，人就会肌肉紧缩数秒，然后松弛，一切就会结束了。不会有任何多余的痛苦的。

没有闲杂人的澡堂正是合适的地点。

塞文突然感到罗宾停下了脚步。

"怎么？"塞文转过头去，他马上看到罗宾正看着路边一个脏乱的角落。那是一个商人们随手乱丢垃圾形成的脏乱角落，各种无用的废物堆积成一个小堆——两个十来岁的孩子正站在上面。

那很可能是一对兄弟，因为他们长得很相像。他们衣着褴褛——事实上，任何人都判断不出来他们穿的是什么东西。布条、麻袋还有其他编织物混合成的东西披在他们身上，却只能遮掩上半身，遮不住他们的一双腿。他们的腿瘦得如同枯柴一样。塞文相信他们已经挨不过这个冬天。但刺客们见多识广，具体地说，自己记忆的起点就没有比这两个孩子好多少。这两个孩子如果再不去学会偷窃、欺骗和讹诈，他们就很难活下去，当然就算学会了也不一定可以活下去。

那两个孩子互相抱在一起，但他们的眼睛却都在看同一样东西——罗宾手中那五六根香肠。他们面黄肌瘦，毫无疑问已经很多天没有吃过一点真正的食物了。而这些香肠确实烤得香气四溢。罗宾看着这两个孩子的眼睛，为这眼睛中深深的渴望所震撼。

罗宾向前递出香肠，用一个微笑来面对这些孩子。这个行动很清楚地表明了他的动机，那两个孩子确定这不是恶毒的玩笑后，就立刻冲了过来，抢过他手上的香肠，狼吞虎咽地大吃起来。

"傻瓜，你干什么？"塞文出言欲止，"这毫无意义。你能帮得了他们一时难道还帮得了他们一世？"他冷冷地、面无表情地说着，

第八章 牺牲

剑刃皇冠

"而且，这是你的午餐。给了他们，你就得挨饿。"

"我已经吃饱了。"罗宾勉强笑着回答，但塞文知道他连第一根都还没吃完。"而且，"他低着头，不敢面对塞文的目光，因为那敏锐的目光会让他的谎言无所遁形，"我知道我只能帮他们一点点……但这一点点……总比什么都没有要好吧。"

"真蠢。"塞文哼了一声，站着看那两个孩子狼吞虎咽地吃完罗宾的午餐，"喂，两个小子，吃了香肠就拿点东西出来回报。虽然我知道你们的回报肯定没有你们吃的香肠值钱。"他看着这两个刚吃完东西的孩子说道。两个孩子脸上先是惊讶，接着出现憎恶和恐惧的表情，年纪比较大的向地上啐了一口，接着立刻跑了。

罗宾疑惑地看着塞文，不知道他为什么要这么做。

"看到了没有，忘恩负义是人类的本质。如果你在把香肠给他们之前，他们什么东西都愿意给你以交换香肠。可是在之后，他们却只会用这种态度来答复。给路边饥饿的狗一块肉干，给饿得要死的野兽一些鲜肉，狗会跟你走，把它的忠诚都奉献给你，野兽会尽它所能来报答你。可是人类呢？一口唾沫！"塞文嘲讽似的耸了一下肩膀，"所以呀，人是最不值得拯救的。好好记着吧。"

他们继续前进，很快接近集市的尽头。再过一条街，终点——无论对谁来说都是个终点——就要到了。

"救命！"一声呼喊从前方传来。那里已经围着不少人，把街道塞了一半。塞文并不想再牵扯什么麻烦，于是就从另外一边绕过去。然而这个时候围着的人群分开了一些，让他们可以清楚地看见发生了什么。

在人群中有一辆马车——正是刚才驶过的那辆，车轮下有一大摊血。一个女人手里抱着一团血色的东西在喊着。那辆车子撞到了一个小孩了。

"祭礼……我需要一个祭礼……"一个披着狼皮斗篷的人——不知道是不是马车的主人，站在一边，对着四周的人群大喊着。

"祭礼？什么是祭礼？"罗宾好奇地问道。

"兽神祭祀必需的东西，叫祭礼。其实就是一个活人。"

"那他叫祭礼干什么？"

"简单地说，那个男人是一个兽神的祭司。他现在想要施展强力的治疗，把那个小孩救活，所以他需要祭礼。具体地说，他需要某个人少量的血，通过一个简单的仪式把血奉献给兽神。然后兽神就会赐予力量治疗这个孩子。不过这不太可能。"

"为什么？少量的血就可以了，应该有人愿意帮忙呢！那个女人一定会酬谢他的啊。"

"因为兽神是个喜怒无常的神。运气好的时候只需一点血就可以满足他……运气不好的话他就会拿走祭礼的灵魂。也就是祭礼很有可能会死。"塞文随口回答，"而且因为要治疗的是她的孩子，所以那个女人自己无法作为祭礼。更何况，没有严格程序的仪式是非法的，因为死亡率相当高。"他看了一眼那个还在寻找志愿者的祭司，"不过看来没办法了，要是再不使用法术的话，这孩子很快就要死了。死掉的话什么魔法都没用。"

那个女人还在哭叫，同时祭司也在继续寻求志愿者。可是四周并没有任何回应的人，少数围观的人看到没有下文就选择了离开。是的，路边遇到这样一个完全和自己无关的情况，而要一个人去冒生命危险实在是太难了。

塞文继续向前，这里已经是集市的尽头，前面人流开始稀疏。过了这个集市，再过前面一条街，他们就可到澡堂的位置。现在是中午时分，按照人们正常的活动习惯，这个时候不会有多少洗澡的人。塞文几乎可以肯定澡堂里只会有罗宾一个客人。即使澡堂里出现了一具尸体，被人发现也是要到下午了。一个下午可以做的事情太多了。

把剑刺进这孩子的心脏……

塞文提醒自己，他只是完成一个任务。而且他实际上是完成一件好事情。这样一个毫无经验、天真可爱的孩子要是被尊上最高的

名位（假如他能成功的话），这对国家来说绝对不是一件好事情。更何况这必然要引发一场涂炭生灵的内战。

"只要一个人就好！"那个兽神的祭司发出绝望的声音，"难道没有人愿意援助一个无助的母亲吗？"

"我要去！"罗宾小声地说道，"我去做祭礼。"

塞文停下脚步，看着少年脸上坚定的决心。

"你并不认识他们，他们只是过路人。而且这一切和你没有任何关系。"塞文随口说道，但他马上就明白这种话对罗宾不会有任何作用的。

"你想追求荣誉吗？这并不光荣。如果你死了，也仅仅是在一场无价值的意外中死掉的。"他突然发现自己在仔细解释，"而且你以为他们真的会感谢你吗？一开始他们也许会有这种感觉，但马上他们就会忘记你的牺牲。没有人会记住你的。而且我敢打赌，当你向他们要求合理的报酬时，你能得到的只是支支吾吾和谩骂。"塞文强调着，"他们只是在寻求一个被利用的对象……仅仅是被利用。如果你没死，他们会认为你做的事情仅仅是流几滴血，最多以几句感谢话和小礼物来打发你；如果你死了，那个女人一定会一边嘴里说着感激的话，一边抱着孩子离开，以免和这种非法祭祀扯上什么关系。"

"或者你认为我说得不对？"塞文停了一下，用凌厉的目光看向少年的脸。

"不，塞文哥哥……你说的应该是对的。"罗宾看着不远处那个还在哭的母亲，"我也认为他们确实会那么对待我……"

"那就好，别动你的傻脑瓜，我们走。快点洗完澡回去。"

"我还是要去。"

"你想证明什么？证明你是个愚蠢的傻瓜？"

"也许，"罗宾抬头看着塞文，一瞬间塞文发现罗宾居然在笑，属于少年的灿烂笑容，"我真的是个傻瓜。"

血涌上了刺客的太阳穴。"白痴！"他咆哮道。他伸手想去抓罗宾，但罗宾已经向前跑去，在塞文还来不及阻止他之前跑向那个祭司。

塞文清楚地看到了整个过程。眼前的一切似乎变得遥远，遥不可及。他呆站在原地，看着祭司是如何刺臂出血，如何以血画符，然后是祈祷，召唤神力，最后那个本来死定的孩子发出响亮的哭声。他看到伴随着哭声，罗宾的身体跟跄了一下，他几乎以为这孩子将从此倒下去，再不起来。但是没有，少年还是爬了起来。兽神今天明显有良好的心情，放弃了以一个生命换取另外一个生命的公平交易。

塞文转过头去，想办法让自己平静下来。在他尚未明白自己心中的感受是什么的时候，少年已经站在了他的身边。

"我们继续走吧。"

塞文默默地点了点头，继续挪动他的脚步。那两个受益者高兴地向他们道谢，但是塞文很清楚这些感激背后的虚伪。他们表面上是感谢罗宾，实际上却是庆幸自己。庆幸他们遇到一个笨蛋，一个热血的白痴，用自己的危险抵消了他们的损失。塞文没有说多余的话，甚至毫不理会那些感激之辞，他只是一声不响地带着少年继续前进。

澡堂里没有客人。老板对这一个带着少年的长辈没有任何怀疑——也确实没有任何值得怀疑的地方。旅行者想洗尽身上的风尘是再普通不过的事情。

和帝国其他地方的习惯一样，澡堂分为两个部分，有给大家随意浸泡的大浴池，也有供沐浴用的房间。诚然浸泡在舒适温暖的浴池里是消除疲劳的最佳方式，然而罗宾很清楚自己没有多少时间。他走进了沐浴的房间，而塞文则坐到房间的门口。

杀了那个孩子，在他洗完澡出来的时候动手——或者现在就可以直接动手。塞文知道自己要做什么。他抽出自己的剑，那柄被沾染了死亡毒素的剑。阳光透过高窗照进这个空间，剑身在阳光下宛如秋水般冷冽。他很清楚这剑有多锋利，更清楚自己用剑的技巧。他只需要刃身轻送就可以穿透少年单薄的身体，万无一失地命中心脏。

更别说剑上沾染了由魔法炼制的、直接毁灭灵魂的毒质。

是的，他必须要杀了那孩子。这是他的工作。他曾经向雇主承诺他将完成任务，而类似的任务他已经完成无数次了。他并非在杀人，他在心里说服自己。在行刺这件工作上并不存在人，只存在目标和障碍。他不是在杀一个人，而是达到一个目标，或者除去一个障碍。但是此时此刻他却清楚这个借口的脆弱和苍白。他心中的某个东西正在动摇。

但塞文已经收过订金，也已经得到了尾金的承诺。为了名誉，或者为了财富，他都必须这么做。必须准确地把剑刺进敌人的心脏。是和目标相处太久所以产生感情了吗？他低声问自己。得到的答案是否定的。他怎么可能犯这种错误呢？他是塞文，"剑刃"塞文。诸国度中最优秀、最狡猾、最残忍无情的刺客之一。

塞文看着自己的剑。光滑明亮如镜的剑身上反射出他的脸。一张平静的脸，五官明晰却没有任何值得特别注意之处——除了那双眼睛，那眼睛中闪现的厉芒曾经让无数人胆寒。杀人对如今的他来说已经毫无感觉。虽然他依然记得第一次的震撼：恐怖和剧烈的呕吐。

杀了他！一个声音在塞文心头高喊着，狂叫着，享有盛名的"剑刃"塞文不会在今天失败。在那孩子出来的时候，在那孩子尚被水汽熏得迷糊还没有清醒过来的时候，在那孩子还没有看清楚四周一切的时候，杀了他。死亡本来就是人类不可避免的结局，将这个结局提早并不算是一个错误！

塞文慢慢地举起剑，随意耍了几个剑花。他已经知道自己要怎么做了——不会有任何痛苦地结束一切。但他会记住这个孩子的，也许，仅仅是也许，一辈子都记得。

水声已经消逝。塞文站了起来，握紧他的剑。他等待的时间来了。

杀手的耳朵曾经受过严格的考验。他可以在寂静的夜晚，在喧闹的集市，或者在空旷的原野追踪每一个可疑的空气振动，即使在这个心绪不宁的时刻，他仍然清楚地听到被刻意隐藏的细碎的脚步声。那是两个人从通道一侧快速走来。而另外来自窗外的声音则是砖墙和鞋底摩擦造成的。

这样的声音可不是来自进澡堂洗澡的客人。

黑影从窗外跃进的时候，塞文几乎是不假思索地一剑迎上去。他没有刺中，因为他的敌人比他预想的更狡猾。那个从窗外跳进来的人双脚钩着绳子，让自己的身体得以悬浮在半空。等塞文第一击挥空之后，他才趁势扑下，两把银色的匕首闪着慑人的寒光。

塞文闪过这一击，他的长剑形成一道皎洁的弧形挡下匕首。他的第二个机会来了。在对方落地未稳的时候，他起身向前，一剑砍向对方的肩头。他的敌人并不耻于有效率的后退——伴随着一次不光彩却有效地翻滚。他闪过了塞文的攻击。

塞文继续进逼，这次把对手逼到死角。他斩向敌人中段，在中途猛地停下，接着将先前的假动作转化为从左侧猛力下劈。如果不是耳朵传来的警讯的话，那么塞文这一剑就可以大获全胜——同时送掉自己的性命。塞文急速后退，一根箭矢在他耳边擦过。

敌人的另外两个帮手赶到，其中之一端着小型十字弓。不过那弓只有一根箭。

塞文毫不意外。在罗莫同意他独自带着罗宾离开的时候，塞文就预见到会有这种事情发生。那个魔法师不会老实地待在那里等待汤马士的。塞文向后退去，以免受到前后夹攻。三个刺客则彼此交换了一个眼神，两个逼近他，另外一个则直接冲进浴室。那两个逼近他的杀手以小心翼翼的姿态缓慢靠近。他们的目标不是塞文，而是还在浴室里的罗宾。这两个人只要拖住塞文，好给第三个人提供机会。

让他们动手，反正不管最后动手的是谁，目标达到就可以了。一个声音在塞文耳边低语着。其实这三个人根本不是你的敌人，而是你的同盟。

记得你的名誉和骄傲。另外一个声音冷静地提醒。属于杀手的荣耀和黑暗中的名誉。只有鬣狗才会吃腐肉为生，而不管吃多少次，鬣狗也变不成狮子。如果不依靠自己的手来完成，那么他就连自己都看不起自己了。那么他一路的奋斗，一路的成绩，一路的荣耀就要全部失去意义，他就和路边两三个铜板便可收买的盂贼没什么两样。

狮子永远是用自己的爪子去捕捉猎物，不屑吃路边的腐尸。唯有如此，它方能被称为狮子，为百兽所崇拜和畏惧。

浴室里十分安静，只有轻微的脚步频繁地传出。几乎没有人想得到这些脚步声代表着一场战斗。安静且无声地，双方进行着激烈的攻防。那两个刺客竭尽全力想为同伴打通一条路，但塞文证明他们错了。靠两个人的力量是无法逼退他的。塞文确实后退了一点，但那是主动的，以便使他取得更好的战斗位置。他退到了浴室前方一点的位置，这样最多只有两个人可以向他进攻，三个人反而会彼此碍手碍脚。

塞文没有高喊，因为他知道这完全是多余。既然有两个刺客从澡堂前门进来，那么澡堂的老板和伙计的命运可想而知。而那个窗外跳进来的刺客也必然已经解决了外面的问题。

"啊……"一声惊叫从身后传来，塞文不用回头也知道罗宾已经出来了。那两个刺客知道自己一时之间无法成功，于是同时选择了后退。塞文没有追击，而是保持原位，同时努力地调整呼吸。他的胸口急速起伏，额头冒汗。这两个刺客都不是平庸之辈——就身手而言，已经十分罕见。而且这些人绝对不是临时拼凑的乌合之众——这么完美的配合不是一朝一夕可以练成的。塞文急速思考着，眼前的局势对他极端不利。如果他不能用最快的速度解决掉一两个，拖延下去失败的一定是他自己。

"你没机会的。"一直没插手的那个刺客开口说道，"乖乖让开，我放你一马。我们只要你后面那个小子。"

塞文的嘴慢慢张开，露出一个豺狼般的笑容作为回答。他已经从对方的武器辨认出他们的身份。这些人属于一个叫做"银匕首"的团体,他们是要价高昂的刺客和雇佣兵。

"塞文……哥哥……"罗宾已经被吓呆了。他做梦都没想到外面正在进行着一场战斗。他脸色苍白地呆立在原地,手足无措,不知道该怎么办。刺客堵住了唯一的入口,如果他们想出去就必须打倒这三个敌人。

"看来你冥顽不灵……上!"那个刺客喊道。另外两个应声迎上,他们手里的银色匕首不停地飞舞着。

"塞文!"耳边传来一声呼唤,塞文立刻明白是罗莫,那个魔法师来了。罗莫想必已经对自己无能的部下极不耐烦,须自己亲自出手了。塞文不知道他是什么时候来的,也许他一早就来了,用魔法隐身观看这场战斗。

"谁?"那两个正要攻击的刺客听见声音暂时后退。他们左右环顾,想找到说话的人。

"去死吧,你们这些刺客!"罗莫的声音里充满愤怒,演戏的水平已经登峰造极。他的身影从空气中显现,与此同时,一个绿色的能量团从他手中发出,飞向那三个刺客所在的位置。绿色的烟雾随即从地面升起。

"毒云术?快跑!"三个刺客已经顾不上战斗了,他们屏住呼吸,同时向门口逃去,躲避这团剧毒的云雾。如果他们的速度慢一点点,毒气就可追上他们。不过他们还是成功地逃脱了。雾气急速蔓延,以不可阻挡之势迅速笼罩整个房间。塞文想躲避,但毒气却挡在唯一的逃生之路上。罗莫站在尚未被雾气波及的房间一角看着他。

聪明的战术。塞文心中评价道,他抓起一条挂着的湿毛巾,往口鼻上一蒙,同时把另外一条毛巾丢在罗宾脸上。他知道这些魔法的毒气会从耳朵、眼睛这些裸露的器官侵入肉体,甚至可以直接从皮肤渗透。但只要屏住呼吸,不直接吸进毒气,那么短时间内是不会致命的。没有任何时间了,塞文弯下腰,如同豹子一样扑向尚未来得及

使用第二个魔法的罗莫。

罗莫的脸上充满了一种戏谑的表情,一种小孩子恶作剧得逞的得意。这种表情让塞文心中一惊,不禁放慢了脚步。

"快走,塞文先生,在那些白痴知道这不是毒云术之前。"罗莫哈哈大笑,没有发觉塞文眼睛中危险的光芒。他径直走进雾气之中,向塞文和罗宾的位置走来。

"他们在外面,我们只能杀出去。"塞文保持着警惕,他不确定这是不是一个骗局。他尝试着,用一种最大的自我控制浅浅地吸进一点点绿色雾气。罗莫确实没有骗他,这种雾气没有毒,他的鼻黏膜没有受到任何刺激。

"嘿嘿,有我在就不需要门。"罗莫得意洋洋地走向墙壁。他从衣服口袋里拿出塞文曾经看到过的黑色的布,甩在墙上。墙壁立刻就化为虚无。

"快点走,在那群刺客杀回来之前。"

塞文打消了动手的念头,他已经看到罗莫身上闪动着一种隐约的光芒。这个魔法师已经给自己加上守护法术——现在动手没有多少把握。而他的时间还很充足,不必冒险。

"对了,你刚才怎么做到的……那简直和毒云术一模一样。"在回到大街上,确定他们已经安全后,塞文问道。

"哈哈……魔法师总是有很多小把戏的。"罗莫回报以得意的笑声,没有正面回答这个问题。

"对了,罗莫……哥哥……"罗宾突然开口问,"你怎么来的?"

"哥哥?啊……其实呀,你们前脚出门,汤马士大人和派斯大人后脚就跟来了。派斯大人叫一个手下去找你们,但半天没有回音。于是我就出来找你们了。我在澡堂门口就发现不对头,有人在门口挂上了歇业的牌子,门却没有关好。于是我就按老习惯用隐身术进来找你们。"听到"哥哥"这个称呼,罗莫先是惊讶,接着用一种柔和的目光看着罗宾。也许是这声"哥哥"触动了他心中某个地方,他的声音都变得轻缓起来。

"你们有没有看到那个来找你们的士兵？"

"没有……"塞文摇了摇头，思索着这个问题。那个士兵应该早就找到他们——对了，也许他们错过了。因为罗宾的缘故，他在路上浪费了太多时间，也许那个士兵抄近路在他们前头到了澡堂。他考虑着这个十分合理的解释，随即决定不去管那个失踪士兵了。

"老习惯？隐身术？"他看着罗莫。罗莫脸上泛起了是男人就绝对不会搞错的笑容。

"那个……哈哈……其实……"

"哈哈哈哈……"塞文也跟着笑起来。只有罗宾听不懂，用疑惑和不安的目光看着两个大笑着的大人。

他们很快就回到了旅店。店上的封条已经被扯下，大门则敞开着——毫无疑问，派斯已经在里面了。塞文走进院子的时候，注意到马车已经准备完毕，马也已经套在车上。换句话说，出发的准备已经完成了。

"哎呀！"罗宾发出一声尖叫。两个大人的目光一起看向他。

"我的……徽章……我忘记在澡堂里了。"罗宾紧张地看着塞文，"那个时候……我本来想擦干净头发后戴回去……"

"天啊……"罗莫夸张地用手拍着额头，"没有徽章你连回去继承王位的资格都没有啊……你怎么把那东西忘记了？算了，反正我们离开的时候还要经过澡堂门口，到时候去拿回来吧。唉……那几个刺客……希望他们没有拿走徽章……不过要是他们拿了我们也已经来不及了……"罗莫边抱怨边走到里面去了。

"你鞋子松了。"塞文看到罗宾脚上的小麻烦，随口出声提醒。

罗宾蹲下来，笨拙地想重新把鞋带绑好。可是这一次不是普通的松掉，而是整个鞋带都脱落了。塞文在他身边看得不耐烦起来，跪下来要帮他绑好鞋子。

在他完成工作想站起来的时候，罗宾张开双臂抱住了他，让他

吃惊不小。

"真高兴你是我的保护人，塞文哥哥，"他说，柔软的脸颊贴上塞文的脸。塞文身体僵硬，一直到罗宾从他身上滑开。

"快一点，塞文先生。"

他们走进旅馆的大厅。汤马士、派斯还有其他几个人（他们明显是派斯的手下）正散乱地坐着。汤马士和派斯手里都端着一杯血红色的葡萄酒。汤马士满脸都是焦急而担忧的神情，早已经无心品尝美酒，只是机械地时不时喝上半口酒。

"在下回来了，汤马士大人。"罗莫立刻用最热情的声音叫起来，"幸不辱命……当时真的是危机重重，居然有一帮邪恶之徒试图行刺王子殿下。若非塞文大人技艺绝伦，勇斗歹徒，恐怕王子殿下已经遭到恶徒毒手……"他绘声绘色地描述着，同时向汤马士走去，"不过在下……"

"刺客？"汤马士打断了罗莫的话，不过他看到罗宾完整地从外面来时又明显地松了口气，"这里怎么会有刺客？"他疑惑地问。

"就在澡堂里，那些刺客肯定是有备而来的，手段毒辣，连澡堂的老板伙计都遭到了他们毒手。"

"恐怕我们要尽快离开这里。"塞文建议。

"不急，先喝一杯吧。"派斯殷勤地拿着桌子上的酒瓶，"这可是我特地为汤马士大人带来的好酒呢。不喝光就太可惜了。"

"谢了。"汤马士把自己杯中的残酒一饮而尽，"我们恐怕没有多少时间，一分一秒都很宝贵。我们马上走。"他最后一句话是对塞文和罗莫说的。

塞文转过身。派斯的两个部下已经站到了门口。他们不是要出门，而是转过身来，并排挡住门。他们面无表情地看着塞文，缓缓地抽出佩带的长匕首。塞文刚刚见识过的那种银匕首。

"这是……派斯……这是什么意思？"汤马士大惊。

"我的意思是……我真的很遗憾，汤马士大人。但是我绝对不可

以让罗宾王子活着离开这里。"派斯不知道什么时候已经握住了他的武器——一把流星锤,"这是我的职责,也是我为什么辞掉王都近卫队副队长的职务,跑来给白痴的勋文伯爵当差的缘故。我在这里已经等了两年了……我几乎已经忍不下去了。"

"什么……你怎么知道……"

"我知道的,汤马士大人。我所效忠的君主不允许这么一个小子来继承皇冠。这也是为什么勋文伯爵一直没有被处置的原因——让他担任起杀害王位继承人的罪名。"

"是霍尔曼?!你……"暴怒的汤马士伸手拔剑,却突然站立不稳。他身体摇摇晃晃,扶着桌子才没有摔倒,"你……你在酒里下了毒……"他怒视派斯的脸。

"不是毒,只是麻醉性的药。"派斯正在笑,一种狰狞的笑,宛如一个精美的瓷器上刻画着一张鬼脸,"说真的,汤马士大人。当你的两个手下带着完整的王子回来的时候,我不知道有多难过。如果我的部下在澡堂里就杀了他,我们以后还一样是朋友的。"

"从窗户走!"塞文大喊。

"没用的,我的部下已经用魔法封住了这整个房子,除了大门外,这里无法进出。"派斯回答道,"对不起,汤马士大人,我们各为其主。"他嘴上客气,脸上得意的笑容却说明这些话不过是虚伪的说辞而已。

七个人,包括派斯在内,形成了一个半圆的包围圈,慢慢逼了过来。罗莫低声念诵着咒语,然而什么反应都没有。"该死,他们布下了反魔法的结界!"他喊道。塞文挡在前头,罗莫则一手扶着汤马士,一手拉着罗宾向里间退去。派斯并不急于发动攻击,很明显,他在等待汤马士身上的药效进一步发作。反正猎物已经困在牢笼里无法逃脱了。

"罗莫,你那块布还能不能用?"塞文一边紧张地注意着每个敌人的举动,一边低声问罗莫。单从动作他就能判断出来,这些人绝对

第八章 牺牲

剑刃皇冠

103

不是普通的士兵——他们的身手和澡堂那三个刺客是一个档次的。一比一塞文有把握赢，一比三他也可以平安退走。但是现在是一比七，而且一方面被魔法困住，另外一方面身边还有这么多拖累……

"不行……我感觉到……他们用魔法封住了房子。"罗莫回答，"这个魔法相当强大，除非制造一个任意门，否则我们只能从正门冲出去。"

"任意门？……你能制造任意门吗？"

"应该可以……但这种情况下需要一些时间。"

"那么退到最里间快动手吧，罗莫！"塞文咆哮了一声，挥剑虚劈，迫退了一个逼近的敌人。他知道这些人不仅武艺高强，而且彼此配合更是巧妙。要是他们真的不顾一切地冲上来，他是拖延不了多少时间的。一把匕首向罗宾刺过来。塞文用力抓住傻站着的罗宾的衣襟，把他甩向罗莫的位置。他这一下简直是舍身相救，因为塞文面对着很多匕首。他正对面的那三个刺客如果把握住这个机会，那么塞文必死无疑——幸好这没有发生。

一声清晰的撕裂声从罗宾的胸口传出——他的内衣被撕破了。不过这件衣服破得有价值。因为这一下，罗莫顺利地带着汤马士和罗宾退进了里间，沿着走廊向里跑去。那里有一道门，如果他们可以利用那道门，也许就可以拖延足够多的时间，遗憾的是，这扇门也被封住了。

派斯和他的手下堵在通道口，却并不进去。长长的走廊像笼子一样把塞文他们四个都关在里面，但另外一方面，除非对方解决掉最外面的塞文，否则无法伤害到里面的人。狭窄的走廊一方面困住他们，一方面又保护着他们，让派斯的人数优势发挥不出来。

"罗莫，快！"塞文大喊道。两个敌人冲上来，手中挥舞着银色匕首。狭窄的空间限制了他们的能力。但情况也不是完全对塞文有利。因为他的剑对于这个空间来说也太长了，很多精妙的招式都无法发挥。

"罗莫？"派斯的一个部下（他是一个施法者）惊讶地停了一下，重复一次这个名字，"大法师罗莫？"

"大法师？"派斯不敢置信地问，"那家伙是大法师？这么年轻？"

"最年轻的大法师……是他，我想起来了。两年前在公开的魔法较量中击败了荒野贤者蓝姆而获得大法师的称号。他是个神秘家伙，只知道他是大法师塞柱尔的弟子，没人知道这家伙的出身来历……他怎么会在汤马士手下？"

"另外一个也身手不凡……难怪他带着这两个部下就敢护送……这是什么咒语？你不是说这里已经不能用魔法了吗？"派斯观看着部下的战斗，同时听到了咒语的吟唱。

"普通的咒语确实不能用……"那个法师脸色一变，"但是防止不了这么强大的咒语，糟糕，这个是任意门魔法。他们想用这个魔法逃走。"罗莫的咒语继续吟唱着，将魔法网络的力量如丝一般抽出，逐渐编织成一件杰作。

刺客法师念出一段强有力的咒语，一道雷电从他手中射出，目标则是罗莫。这不是普通的雷电法术。这道雷电中蕴涵着强大的威力，可以攻击目标附近的所有敌人。他释放出法术，但是打在罗莫身上却反弹回来，落回到刺客法师身上。雷电威力巨大，把刺客法师整个人都打飞了起来。派斯被雷电的耀光闪了一下眼。等视力恢复，他看到刺客法师摔倒在一张桌子边，浑身乌黑，像条干涸河床上的鱼儿一样地抽搐着。

罗莫继续着他的魔法。而塞文成功地阻挡住那两个对手。他全心全意地防守，只在有机会的时候才反攻一两招。长剑和匕首之间互相晃动，匕首上淡淡的腥气告诉塞文，这些匕首上全部淬有剧毒，一个小伤口就足以杀人。两个刺客配合得十分巧妙，一个疯狂挥舞，攻势如狂风暴雨，另外一个则见机行动，招招直指要害，几乎天衣无缝。

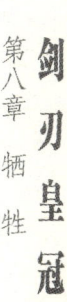

"快，拿外面的弓箭过来。"派斯大声下令，两个刺客跑了出去。此时几乎没有人注意到瘫在一边动弹不得的汤马士。汤马士正从身上摸出一个小瓶子，挣扎着饮下瓶子中的液体。

一个刺客攻向塞文的下三路，想迫使他后退。塞文的动作更巧妙些，他剑尖下刺，用一个威胁的动作迫退对方。另外一个刺客以为他得到了一个好机会，快速地从侧面冲上，但是通道太狭窄了，为了给同伴留出足够的后退空间，他靠墙靠得太近了一点。塞文脚踩向墙壁，利用反作用力闪开对方的攻击。然后他反攻，一剑横砍。刺客后仰闪过这一击，同时惊讶于这一剑的笨拙和沉重——然后他发现自己错了。

塞文的第一剑确实空砍在墙上，但他借着长剑和岩石撞击的弹性劈出了第二剑。长剑一扭一转，从刺客的铁锁甲缝隙中滑了进去，穿过骨头与血肉，从他的后背穿出。刺客发出一声低低的呻吟，同时两把匕首掉了下来。血在剑的周围蒸腾，冒着一股股血红色的烟雾。

塞文把手中的尸体推向还活着的那一个刺客。但那个刺客没有莽撞地试图阻挡。他快速退出通道，回到安全的地带。在通道的尽头，闪亮的魔法之门正在逐渐形成，魔法的能量如同波浪一样层层荡漾着。

但是已经没有时间了，因为那两个跑出去的刺客已经回来。每个人手里都端着小型弩。他们的另外两个同伴则默契地挡在前面，防止塞文冲出来。

现在所有的优势都没有了。塞文身上只有一件劣质的皮甲，而这样的空间又让人不可能自由躲闪。

"先射那个法师！"派斯喊道。

两把弩同时射出，准确无误地射向罗莫的胸口，而罗莫此刻依然沉浸在魔法的吟唱中，没有看到自己的危险。就算看到也来不及躲避了。

汤马士从斜刺里冲上，挡在罗莫前面。弩箭射在他的盔甲上，弹开并且折断了。"汤马士！"派斯惊讶地叫了一声。汤马士并没有真正地恢复，他身体踉跄，脚步虚飘。他的长剑虽然已经拔出，但那摇晃的身体说明他现在根本没有战斗力。刚才挡在罗莫身前这一下动作已经耗光了他的力气。汤马士单腿跪下，用剑支撑着才没有摔倒。

"快射那个法师！"派斯大吼一声。挥舞起流星锤向前冲去。和那些刺客不同，他的战术更猛烈。他藏身盾牌之后，疯狂地向塞文猛撞过来。这是标准的重装战士冲锋战术。如果有足够的空间，这样的攻击也许不算什么威胁，但在这个狭窄的通道里，这样做威力却极大。如果塞文闪向左右两侧，那他就要不可避免地面对流星锤的猛击，如果他不动，那他就要被派斯一路撞到后面去。

塞文试图挡住这个冲锋。但派斯的力气更胜过他。他被撞得连连后退。如果这样继续下去，他就会直接撞上最后面的罗莫。

汤马士胳膊伸过来，帮助塞文顶住了派斯的冲撞。

"派斯，你太卑鄙了！"汤马士怒吼着，他虽然喝下对抗麻醉的药剂，但麻痹效果不是一时之间能够消除的。他一手持剑，另外一手则顶着派斯的塔盾。他们两个联合才能勉强对抗派斯。事实上，汤马士完全凭借一股怒气支撑着自己，否则他就早已倒下了。

两根弩箭再次飞来，这次目标换成了汤马士。汤马士和塞文两个人并排，无形中成了掩护罗莫的人墙，但另外一方面，那些刺客也绝对不会射不中。一根弩射中了汤马士的手臂，细小的箭头穿过了护臂上的索子甲，深深地扎入皮肉，另外一根也射中了汤马士的脸颊。

汤马士怒吼起来，狂怒中发挥了难以置信的力量，居然推得派斯踉跄后退。又是两箭射来，一箭在汤马士的盔甲上弹开，另外一箭射中了他的大腿。

"完成了，大家快走！"身后传来罗莫的声音。

"你带王子殿下先走！"汤马士喊道。疼痛驱赶走了他身上部分的麻痹感，让他再一次挥起了剑。由于空间的狭窄，他只能采用直刺

的动作。他的剑撞在盾牌上滑开了。

"我弄好了,这门通过四个人就自动关闭。"罗莫叫道,"我在那边等你们两个!"

"好!"塞文大喊。声音未落又有两箭射过来,其中一箭射中了塞文的胳膊。

难以抗拒的麻痹感从伤口处迅速扩散开,转瞬间已经遍及全身。这弩箭上一定加上了某种魔法,可以让塞文整个人动作都变得迟缓起来。派斯再次用力撞了过来,撞得塞文跟跄了几步。盾牌终于移开,露出了派斯因为焦急而格外狰狞的面孔,以及他手中高举的流星锤。

一根该死的箭再次射中了塞文的腿,阻止了他后跳躲开的可能。流行锤用力砸下的那一瞬间,塞文突然明白自己的人生即将结束了。他全部的神经都在剧烈地颤动,他想控制住已经麻痹的手和脚,想要躲开这致命一击。

罗莫的传送门出口在城郊的一个小山坡上,远远地可以看见城镇的轮廓。这个位置可以说是精心安排的,城里的人无法看到远方少数几个人的活动,而万一城里有骑马的追兵冲出来,这里反而更容易观察到。罗莫紧抓着罗宾的手,脸上因为焦急和紧张显得苍白。要是从传送门里走出来不是汤马士和塞文,那么他和罗宾就一起玩完了。毫无希望的玩完。因为种种顾虑和原因,他没有记忆很多那些威力强大的战斗魔法(一个魔法师想使用什么魔法总是要提前准备好记忆),他的魔法大都是些辅助和逃跑以及侦察的法术。要是那些刺客冲出传送门,那么他和罗宾两个人就好比是狮子脚下的兔子一样。他也许可以用另外一个传送魔法让自己逃走,却无法保护罗宾。

这段等待的时间非常漫长,好像过了几个世纪一样。尽管罗莫知道他的两个同伴都是高手,而且地形极其有利。除非他的两个同伴被杀,否则敌人是无法冲过来的。但是对于未知的恐惧压倒了理性的分析,魔法师抓着自己的手杖,抓得那么紧,简直像是要把自己心中的紧张和恐惧挤压进这块木头。

魔法连接的传送门上荡漾着能量的光晕。一个身影冲出传送门，接着是另外一个。传送门忠实地关闭，化为一道亮光消失。

"塞文……汤马士大人？！"罗莫惊喜地叫了一声，紧张的神经也暂时放松下来。但是这个喜悦马上就消失了。

汤马士的身体摇晃着。红色黏稠的液体从他的头盔间滴落，老骑士用剑撑住地，但是却没有能坚持住，他摔倒在地，仰面朝天。罗莫扑上前去，脱下他那已经完全变形的头盔，然后倒吸了一口冷气。罗宾在一边发出一声尖叫。

汤马士无力地倒在地上，满头是血，从鲜血流经的地方可看到森森的白骨……

"怎么会这样……"罗莫不敢置信地喊道，"汤马士大人怎么可能……"

"那一锤本来是落在我头上……"塞文用一种轻得几乎没人能听得到的声音喃喃地说道，"他扑过来……挡住了……"

"塞文……"汤马士的嘴里发出一声梦呓般的声音。塞文扑过来，跪在他身边，紧紧地握住汤马士的手。

"和罗莫一起……帮我把罗宾……带到王都……按照预定的路线……"

"汤马士大人，不要说这种话。所谓上苍有好生之德，吉人自有天相……大难不死必有后福……在下这里有治疗药水……治疗药水……"罗莫拼命地在背包里翻找着。

汤马士平静地闭上眼，他的脸上掠过一丝难受的表情，眉头一皱，然后慢慢松弛开来。他的手，被塞文握住的手，无比轻柔地滑落在青草地上。

第九章 真 相

一个坑，一堆土，再加上插在前面的死者生前的爱剑，构成一座简单的坟墓。不知道有多少阵亡在战场上的军人就是埋葬在这种坟墓里的。有名的，无名的，所有的战士都得到同样的结局。不论生前如何英雄盖世，死后也和别人没什么不同。只是路边一个无名的小坟而已。

汤马士居然死了。而且死前委托塞文完成这趟旅途。

再也没有比眼前更荒谬的事情了。塞文突然觉得自己有些想笑。真的，荒谬绝伦所引发的大笑。他本是奉命来刺杀王子的、见义勇为的过路人，武艺高强的保镖和忠心耿耿的助手，这三个都不过是面具，掩盖住了杀手血腥的利刃。让他保护王子？这不是让狼去保护羊群么？塞文张开嘴，却发现自己没能发出笑声。他看着插在坟墓前的那把剑，那把长剑迎风微微晃动。从他嘴里最后发出的只是一声悠远的叹息。

如果汤马士知道真相，会不会死不瞑目呢？他死前所委托的人，他拼死所拯救的人，不过是一个伪装的刺客而已。而他的另外一个助手也差不多。大概唯一的差别就是背后主使者不同。塞文看向罗莫，罗莫的眼睛里也充满茫然——伪装得真的很像。但不管怎么伪装，有一点塞文知道得非常清楚：罗莫并不是路边偶然遇到的魔法师。这个自称罗莫的家伙接近然后加入他们是有目的的——不管这

目的是什么。塞文几乎可以相信,罗莫用隐身术走进澡堂的时候,绝对不是单纯地来看看。如果没有那三个刺客冒出来,也许罗莫会取代他们所扮演的角色。

罗莫的治疗药水没有救得了汤马士,倒治好了塞文的箭伤。不用想也知道,派斯绝对不会善罢甘休,他一定会再来的。他的那群部下——毫无疑问,那些不是真正的士兵,而是职业杀手,是派斯用钱雇来执行任务的——里面有魔法师,他们可以根据魔法的波动寻找到这里来。

"我们得马上走。"塞文看着焦虑不安的魔法师,"没有时间了。"

"但是那个徽章……我们不能没有那个徽章……汤马士大人已经死去,现在只有那个徽章可以证明王子殿下的真正身份……若无徽章,王子殿下无以为凭啊。"

"我去拿回来。"塞文平静地说道。不知道为什么,明白还有个徽章存在让他松了一口大气,"罗莫,你先走,我会追上你的。"

"然而单凭在下一己之力,恐怕难以保护王子殿下……"罗莫脸上浮现一个一闪即逝的表情,却没有逃出刺客的眼睛。

"我很快就会追上来的。难道你不相信我的追踪术?"

"在下绝无此意……只是……也罢,在下从命就是了。"

塞文快步奔向远方的城市。天空阴沉沉的,阴暗的天空下,城堡如同一头幽暗的巨兽。从远方就能看到城门口一片混乱,急于进城的人挤成一团。不管勋文伯爵多么白痴,起码这座城市真的很繁荣——至少目前还很繁荣。

两个小时后,塞文混进人流之中。像一个最平凡、最普通的人一样夹杂在人堆中,挪向城门口。城门的秩序已经无法保持,士兵们也放弃了努力。只是随便拉几个人检查一下,应付而已。塞文很清楚自己将很容易混进城,也很容易地混出来。

在澡堂的时候,他可以为了争取杀死那孩子的机会,而和三个刺客生死相搏;然而现在,另外一种感情在塞文心中激荡,让他不

第九章 真相

剑刃皇冠

111

想亲手杀死那孩子。他心中有一股亏欠别人的愧疚心理。如果不是汤马士以生命为代价扑过来挡下那一击，塞文已经死了。而汤马士死以前的嘱托又让他觉得有愧于心。而且，也许还有些别的原因让他不愿意下手。他的心里现在充满矛盾。是的，他答应了他的雇主，要让那个孩子死！他不能让这孩子回去继承王位！这个孩子是他雇主的威胁。而另外一方面，汤马士也同样雇用了他，让他保护这孩子。霍尔曼王子的条件说得比汤马士更早，而且价钱更优厚。霍尔曼的报酬一是生命，二是财富，而汤马士却只有财富的承诺。一开始的时候，塞文完全可以不理会汤马士的条件，可是现在，汤马士的条件已经和霍尔曼的一样，甚至有过之而无不及。塞文从来没欠过别人什么东西，只有别人欠他。现在他却第一次欠了一个人情，一个他永远没法还的人情。

但是你答应霍尔曼在先。一个声音在塞文心里说道。基于刺客的规矩，你必须完成一方的委托之后，才能接受下一方委托。和汤马士的交易从一开始就不存在，一开始就是谎言。

是我产生感情了吗？塞文扪心自问。但他没有给出答案，他的心害怕这个答案。信赖、关爱就意味着背叛和欺骗，这是屡试不爽的真理。但那个汤马士，那个老笨蛋，为什么要用生命来交换他的生命？他只是一个路边被雇用的刺客而已啊！都怪那个骑士，他自以为很伟大很光荣？他只是个老笨蛋！可是就是那个老笨蛋让"剑刃"塞文，一个冷血无情的刺客，感到心神不安。

塞文感到一阵心烦气躁。一阵带着湿气的风吹来，让他觉得略微舒服了一点，同时让他的念头转到另外一个事情上去了。

罗莫应该已经动手了吧……

他确实应该动手了。他是个魔法师，而且就算他不是魔法师又有什么关系呢？罗宾只是个无知的孩子，天真纯洁，毫无警惕，现在更是因为汤马士的死而精神萎靡，无人真正地保护。一个大人，手里拿着一根结实的木棍，对象则是一个毫无戒备的孩子。这种情况下

有可能会失手吗？做完该做的事后，他可以用魔法离开，不用害怕塞文会追击报复。而且就算他光明正大地离开，留下清晰的脚印，塞文也不会追击报复。

起码他没有对不起汤马士。这个念头让塞文感到好过了一些。他已经尽到了一个保镖的职责。至于另外一个人的背叛，那不是他的错，是汤马士自己的错。选择罗莫作为同伴可不是塞文的主意。

塞文悄悄地闪进了澡堂。那些银匕首刺客做得很出色，到现在依然没有人发现澡堂里的变故。人们还以为老板有事今天不开业。塞文几乎没费什么力气就来到罗宾洗澡的地方，看到了挂在钩架上的徽章。那些刺客想必根本没想到这个小饰物的真正意义。如果不是罗莫提醒，塞文也不知道这么个小东西这么重要。这个十字形的红色徽章，由铜制成，表面看起来只是很普通的小饰物。由于年代久远，这个徽章的蚀刻花纹磨损得很厉害，只有上面的一排看不懂的符号还非常清晰。

大雨始终没有降下来。太阳穿过了云层，在西方群山上露出半张脸。在出城的时候，塞文注意到好几队骑兵冲出了城堡。

"十三四岁的小男孩！宁可杀错不可放过……"风中依稀传来这样的声音，但这对塞文已经无关紧要。这些士兵永远找不到了目标——除非他们去坟墓里找。从理论上来说，罗莫会弄好一个适合少年的坟墓的。毕竟他是一个魔法师，好歹有点教养。管杀不管埋是那些路边盗贼的作风。

塞文漫步前进。夕阳的光辉把他的影子拉成一条长长的直线。在天完全黑透之前，他回到了自己出发的位置。罗莫用一个约定的暗号，三颗石头组成的标记摆明了自己的前进方向。塞文就老实地按这个方向前进。罗莫应该不会欺骗他，那样毫无意义。塞文相信跟着这个标记他一定能找到罗宾——也可能是个坟墓，也可能是具尸体。

"再见了，汤马士。"在离开之前，塞文注视了那座简陋的坟墓好几分钟。这样的一个英雄，少年时代在和兽人的战斗中以斩杀兽人

第九章 真相

剑刃皇冠

113

王而成名，足迹遍布大陆，参加过无数战斗，建立过数不清的功勋，成为众多吟游诗人所歌颂的对象。最后的归宿却仅仅是这么一个小小的坟墓。而且临死前最后的遗愿也无法完成。说起来，人生真的是充满讽刺和矛盾呢。

"我的归宿……会在什么地方呢？"塞文低声地说道。一阵大风吹过，吹得他的斗篷飞扬，发出猎猎的声音。

这趟追踪非常省力。别说是个经验丰富的刺客，哪怕是个从来没有出过远门的菜鸟新丁也很容易跟上罗莫。那个魔法师留下了足够多的、甚至有些过分多的标记，清楚地指明自己的每一步前进的足迹。罗莫远离大道，尽选那些野外偏僻的路线走。唯一让塞文有些奇怪的是，罗莫的前进速度居然这么快。

三个小时后，塞文发现自己已经来到了一片树林中。这片树林并非是那种容易潜藏危机、需要小心提防的地方。这里树木并不密，草也不多，不足以隐藏什么，甚至连月光都可以照进来。对于塞文来说，这里和旷野没什么两样——甚至比旷野更好。一个身手灵活的人很容易借助这种有利的环境以寡击众。从地面的足迹可以辨认出来，罗莫到这里已经相当疲惫了。他的脚印已经不均匀，而是深一脚浅一脚。而罗宾的脚印在走进树林的时候就消失了。塞文知道自己已经接近终点了。

一丛火光出现在塞文的视野内，那是旅人夜宿的篝火。塞文以一个盗贼的警惕慢慢地接近过去。一声刺耳的夜枭叫声传来，让他心中感到一阵发寒。一种难以形容的复杂心情在他心中翻腾着。他走近篝火，毫不意外地看到罗宾独自一人躺在篝火旁边，平静地躺着，宛如一具出自最杰出艺术家之手的雕刻作品。

方圆数十步内没有任何活物。塞文带着一种难言的苦涩走向罗宾的尸体——那个魔法师选择到这里，天完全黑了才动手。少年的头枕在一棵老树突起的根上，脸上带着清晰的痛苦表情。塞文知道发生了什么。罗莫没有选择用自己的魔法，而是用自己的手杖完成了工作，然后他选择了离开，把一切剩下的事情交给塞文。

塞文走上前去。罗宾的上衣不自然地敞开了一大截——也许他死以前挣扎了一下。塞文告诉自己忘记其他的事情，而要专注于他现在的工作。他必须亲眼确认罗宾已经死了。

一声低低的呻吟传入杀手的耳朵，那是从罗宾嘴里发出来的声音。

怎么可能！塞文第一个反应就是中计了。这几乎是本能的反应，一瞬间他就完成了战斗的所有准备，动作之流畅足以让最苛刻的教练拍手称赞。但这一次他错了，四周并没有陷阱。什么都没有，既没有危险的魔法轰击过来，也没有埋伏的敌人冲出。四周一片寂静，偶尔只有一两声夜枭的叫声在嘲笑他的神经过敏。

塞文握着剑，警惕地走近罗宾。罗宾又发出一声呻吟，而且翻了半个身，从原先的侧卧变成正面朝上的卧姿。这下塞文可以看得很清楚了，少年的胸口尚在微微起伏。他的脸色苍白，却不是死人那种苍白，而是一种病态的白。这孩子还活着。

但这并没有让塞文吃惊，让他吃惊的是另外一个东西。伴随着刚才的这个翻身动作，罗宾的上衣完全地敞开，滑向两边，露出被撕破的内衣，还有内衣下白色的缠胸带。

缠胸带这种东西并不稀罕。要是一个女人想隐藏起自己的性别以克服某些障碍的时候，她们往往都会选择使用缠胸带。它可以很好地隐藏起女性最重要的外表特征。但事实上，这种东西也只能偶尔地骗一下人，真正有经验的人都很容易从喉结、胡子之类的地方判断出性别的真相。

但这一次塞文确实被罗宾骗了过去。这不仅是因为年纪的关系——十五岁的少女只要使用了缠胸带，几乎和同年的少年没有外表上的区别——而更是因为一种先入为主的观念。塞文从来不曾在性别上起哪怕一点点的疑心，因为这种疑心是那么的无聊和可笑。

塞文几乎是带着无法相信的神情检查了一下罗宾的身体。如果

第九章　真相

剑刃皇冠

115

他不是因为处于过分惊讶的状态，他的动作几乎可以算猥亵了。

"塞文先生。"一个声音从背后传来。塞文转身才发现罗莫不知道什么时候来到了他的身后。魔法师的身前悬浮着一团透明的液体，眼睛里则闪动着诡异而危险的绿色光芒。

"罗莫！是你？"塞文看来保持着先前的姿态不变，心中却瞬间把一切杂念、一切会影响自己行动的杂念统统赶出了脑海。他听见过那些人对罗莫的称呼。大法师，这个称呼只可能落到那些拥有强大力量的法师身上。无论什么人，当他面对一个大法师的时候，都不可以掉以轻心。而对于一个刺客，一个杀手来说，无论对于任何敌人都不可以掉以轻心。所有那些犯了这种错的杀手都已经变成了泥土。

三秒……最多只有三秒，在法师念出魔法前攻击得手，否则就被法师攻击得手。

"真的是塞文先生……"罗莫用力擦着眼睛，"请不要见怪……在下刚才一时不小心，被树汁迷了眼……请把行李里那块干净的布拿出来。"他毫无危险地走过塞文的身边，走向罗宾。

"我把东西拿回来了……罗莫，发生什么事了？"塞文感到一阵愕然，说实话他也许高估了这个法师。

"在下刚刚去取水了。"罗莫指了一下自己前面那团透明的液体，"因为没有大的器皿，所以我用魔法把水带了回来。"他停顿了一下，补充道，"也许是受惊过度，罗宾小姐发了很严重的高烧。她必须得到休息，我们暂时哪里都不能去了。这正应了'祸不单行'这个老话。汤马士大人不幸遇难，罗宾小姐又得了病。真是自古好事多磨，幸好塞文先生平安无恙归来，总算是不幸中的大幸……"

罗莫口吻依然和过去一样文绉绉而啰嗦，一副酸样。或许是错觉，塞文觉得罗莫似乎有些和过去不一样。也许是过去他从来不曾这么仔细地关注过这个魔法师。

"罗宾……居然是……"塞文看着篝火说道。在湿毛巾盖上罗宾的额头后，两个人终于有余暇坐下来讨论这个突如其来的话题了。

"是啊，一开始我也不敢相信。"罗莫说道。塞文注意着他脸上每一个细微的表情，但罗莫脸上太平静，一点端倪也看不出来。他完全无法判断这个魔法师脑子里在想什么，"但这是事实。我用魔法探测了一下，罗宾小姐并不是因为受到诅咒或者其他什么东西而改变性别，而是她本来就是一个真正的女孩。"

"但这简直不可能……还记得汤马士吗？他怎么可能舍命护卫一个女孩去继承皇位？这简直是荒谬透顶！她不可能继承的啊，你知道从来没有女性继承的例子……就算她能瞒得过我们，她能瞒得过所有的人吗？她能一辈子隐瞒下去吗？这趟旅途真的毫无意义……我们的战斗简直就是多余的……汤马士死得也毫无意义，毫无价值……他居然就这么……就这么……"塞文停了下来，因为他自己惊愕地发现，自己本来冷静的语调不知道什么时候变得激动起来。汤马士是死了，可是他的死和"剑刃"塞文——一个打算来刺杀王子的刺客有什么关系呢？

"塞文先生，你打算离开吗？"罗莫突然冒出了一句。

对，离开。他在这里已经毫无意义，反正罗宾是个女孩，是一个无法继承皇位的女性。他的任务已经结束了，可是……

塞文用力地把一颗石头丢进正在燃烧旺盛的篝火中，同时苦笑了一声。"离开？我确实很想离开……可是那家伙居然死前那样地委托我……我这辈子最讨厌别人欠我，所以也一样讨厌自己欠别人东西……倒是你，"他突然转过头，用剑一样锐利的目光看向他的同伴，"你为什么不离开呢？"

"因为我也很讨厌自己欠别人东西。"罗莫避开塞文的目光，用手臂枕着头躺到地上，若有所思地看着天上的星星，"我欠汤马士整整一顿饭……那可是我饿了两天后的第一顿啊……而且他许诺给我很多钱……"

塞文没有反驳罗莫的荒谬之处。这个魔法师绝对不会这么简单，一定另有目的。可是这又有什么关系呢？他不会对罗宾产生威胁，

第九章 真相

剑刃皇冠

就算两个人目的不同,但他们的行动一致就够了。罗莫应该可以成为盟友的……

塞文抬起头,看着天上闪烁的群星。"……我将去完成任务,让那孩子不再是您皇冠的威胁……"他心中默念着自己的承诺。确实没错,他已经完成了这个承诺,罗宾不可能是霍尔曼继承皇冠的威胁了。他的这个任务已经完成,契约已经结束。塞文的脸上露出一个淡淡的笑容。

现在轮到他执行另外一个委托了。

"我估计那个派斯明天就可以追上我们。"罗莫突然说道,"我想我们必须有所准备。塞文先生,请你来照顾罗宾小姐。"在提到派斯这个名字的时候,罗莫的眼中闪出一丝危险的光芒,"我需要安静地准备一些战斗的魔法来招待他们。"

"如果我们不得不战斗的话,"塞文看着罗莫的脸,"我们有几成胜算?"

"如果现在爆发战斗,在下恐怕只能拖塞文大人的后腿。他们人多势众,我们恐怕难逃一劫。但是只需要一宿,在下就可以记忆足够的战斗法术。不是在下夸口,三个五个应付起来不成问题。"

罗莫转身离去。燃烧的篝火边只剩下塞文一个人。

"汤马士……叔叔……"罗宾发出了一声高喊。今天白天所发生的一切对这个孩子的精神打击太大,她在发着猛烈的高烧,不时地喊出一些胡话。这种情况其实是很常见的,很少有孩子可以坚强到可以承受亲人(虽然并没有真正的血缘关系,但汤马士对这孩子来说就是亲人)死在眼前的打击。塞文很清楚,这种高烧的祸根不是来自肉体而是来自精神,因而一切肉体的药物或者治疗都不能起到很好的疗效。唯有一样东西,时间,才是治疗这种疾病的万灵药。

罗莫说派斯明天就能追上来。这点塞文也很赞同,因为追踪魔法师的行踪并不费力。就算塞文一路破坏掉引导标记也无济于事,更何况派斯手下还有魔法师。就算他们不能用感官和经验来追踪,他们也可以用魔法来追踪。罗宾的身体状况已经不允许他们继续前进，所以派斯迟早能追上来。可是他们追上来的时候会怎么样呢？他们发现罗宾的性别后会不会退走？

塞文把自己放在派斯的角度去考虑问题。爆发战斗的可能性很大。众所周知，算计着别人的人总是担心着别人的算计。既然派斯可以用欺骗的手段来袭击他们，他自然会提防着他们的欺骗。他很容易就会想到：这是不是一个骗局。出于这个考虑，派斯很可能会为了根绝所有的后患——不管是现实还是只存在于想像中的后患——而杀了罗宾。毕竟，死人才是最安全的。

胜算……如果正面战斗，遭到十几个银匕首的精英高手围攻，恐怕胜算难料。如果趁这个机会离开倒是……但塞文马上把这个念头赶出了思绪。这种情况算什么，他可是"剑刃"塞文，比这个困难一百倍、危险一百倍的任务他也完成过。塞文打开自己的行李，从中取出一个皮革盒子来。盒子的重量和均匀感清楚地传达到他手中，告诉他不曾有人碰过这个盒子。这个东西对他来说非常宝贵。一个刺客只关心两样东西，一是能不能得手，二是得手后能不能撤退，而这个盒子里的东西是完成第二点的有力保障。

塞文打开盒子，盒子里有序地放着一整排的细管，还有一些细微透明而坚韧的线。这些东西看起来完全无害。除了塞文之外，没有人知道这些管子前头装着淬着毒药的小针，后头装着强力的弹簧。

篝火熊熊燃烧，映照着篝火边忙碌的身影。一个魔法师总是有很多小把戏的，但一个刺客同样也有不少花招。

夜晚悄悄地流逝，温柔的黑纱随着时间的推移逐渐淡化。当太阳再一次跃上天空，当金色的阳光把光芒洒落大地的时候，不祥的声音出现在这个小树林里。

塞文静静地靠在罗宾身边，给她换下额头已经变热的毛巾。罗莫的魔法依然在发挥效力。说起来魔法真方便，那团水就悬浮在罗宾的身边，仿佛有一个看不见的脸盆装着它们。塞文用轻柔的动作

拧干毛巾，然后再一次放在罗宾的额头上。经过了一个晚上，罗宾的身体状况却毫无好转，她的额头摸起来依然烫手。

塞文的眼里充满了因为一夜未眠而出现的血丝，但是这并不会对他敏锐的感官造成影响。他听到了细微的沙沙声，也听到了受惊的鸟拍打翅膀的扑腾声。他闭上眼，让自己的耳朵和风合为一体。六个、七个……十三……十五个，他在心中默默地数着。这一次不是在城镇之中，所以派斯可以毫无顾忌地干，他一定带来了自己所有的部下。

十五个脚步轻捷的人。从他们的前进速度和他们发出的轻微声音就能判断出来，这些人无一庸手。他们躲藏在树叶的阴影之中，像影子一样前进，对塞文展开包围。他们没有动手，而是静静地潜伏。

随后另外一个很响的脚步声随风飘来。那不是普通人的脚步声，而是重装战士才能发出的沉重的足音。在这个声音里还掺杂着另外三个声音，这三个人脚步比较轻，但却不是那种久经训练而产生的轻捷，而是因为他们体重的缘故。

十五个刺客，三个魔法师，另外还有派斯自己。塞文冷静地估算着敌人的规模。那些隐藏的刺客没有动手，但这绝对不是因为有礼貌或者讲风度，而仅仅是因为他们没有看到罗莫。当刺客面对有足够反抗能力的目标，特别是魔法师的时候，他们是绝对不会耻于使用暗箭的——塞文自己就是这样。

脚步声越来越近，一直到了普通人的耳朵也能听见的距离。塞文把目光从罗宾苍白的脸颊上挪开，转投在全副武装的派斯身上。

"那个罗莫呢？"派斯大咧咧地站在树林的空旷处。他尽力想伪装成胸有成竹的样子，却不自觉地透露出怯懦的气息。

"时机到的时候，他自然会来。"塞文如此回答。事实上，派斯的话让他突然想到另外一个问题上去。虽然他本来早就应该想到的——罗莫到哪里去了？

那个魔法师说他要去准备战斗的法术，可是却一去就没有音讯。塞文知道准备魔法需要一个晚上的时间，但是按时间来算，他也应

该早就回来了。除非他用隐身术（如同在澡堂一样）隐藏在附近。可是这也不可能。如果使用这种战术，罗莫并没有隐瞒塞文的必要。而且，就算隐藏住了身体，他也掩盖不住自己活动所发出的声音。在这种四周一片寂静的条件下，没有声音可以瞒得过塞文的耳朵。

罗莫已经逃走了。塞文一瞬间作出了最坏的打算。

"你别想骗我。"派斯大笑起来，"汤马士已经死了，所以那个魔法师就逃走了。"他看向一边坐着的罗宾，"所以呢，如果你识相的话，就留下王子，给我滚。我对你毫无兴趣。当然，如果你真的想死，那我也可以成全你。我们这么多人，你是没有机会的。"

"他们只是你的雇佣兵而已。要是你死了，他们就没有战斗下去的理由。"塞文平静地回答，保持着坐姿。派斯是不可能放他走的，他一开始就明白这一点，否则派斯没有必要让部下躲藏起来，形成包围，再出面招降。

"确实他们是雇佣兵，但首先你得有能力杀了我……你要知道，他们可是著名的'银匕首'，要价很高，但值得！你又不是骑士，为了和自己无关的王子送命可不值得啊。"

"王子？哪里有什么王子？"他看着派斯，冷笑着反问。

"就是你身边那个孩子。"

"你想杀他，就因为他是王子，因为他继承了皇族的血脉，因为他将要去继承皇冠，所以对你的主人产生了威胁——我说得对吗？"

"没错。"派斯傲然回答。

"那么你可以走了，因为你根本没有杀他的必要。"

"没有必要？什么意思？"

派斯身边的一个刺客法师走上前来。"那孩子还活着，大人。他只是生病了。"他大声宣布。

"是么……那么告诉我，为什么没有杀他的必要？"派斯嘴里这么说，他的手却毫不客气地拉下面甲。他的一只手举起，在空中作了一个手势。

"那么看看，她能不能继承皇冠！"塞文大吼一声，一把抱起罗宾，把这孩子敞开的上身显示给对方。正如所料，派斯整个人愣了一下，僵硬在那里。趁这个机会，塞文一脚踩向身边一块不引人注目的石头。石头压住的是一根透明而坚韧的线。这根线悬挂于高处一根树枝上，沿着复杂的林间交错的枝干伸向远方。

陷阱马上启动了。数声轻到几乎没人听见的弹簧声响起。塞文的目光看到了派斯身上的那两个毒针的命中点，一根在手臂，一根在小腹。这些毒针上附着的是可以见血封喉的剧毒，数分钟就可以致命。

"是毒……有陷阱……"派斯喊道，他的身体晃了一下。就在塞文想冲上去前，派斯的部下先一步行动了。无数粉红色的光点在空中飘浮，围绕在派斯身边，潜入他的身体消失不见了。

"抗毒魔法……"塞文认出了这个法术。这个魔法也许不足以完全抵抗毒素，却足以让毒无法致命。

"火焰箭！"一个短促的魔法吟唱声传来。数枝由魔法创造的燃烧的箭矢从远方飞射而来，全数命中派斯的身体。伴随一声厉呼，派斯的身体瞬间就为火焰吞没。塞文抬起头，看到就在他们头顶上，罗莫正借助魔法的力量悬浮于树枝之间。

虽然为魔法的火焰所包围，但派斯却还没有死。他紧抓着自己的武器。"就这样是打不倒我的，魔法师！"他怒吼着，"给我上，杀了他们！谁干掉那个法师我给双倍的钱！"随着这句话，四周原先埋伏着的杀手全部显形。他们中大部分都携带着远程攻击武器。

"快治疗我！"派斯扭头对身边的刺客牧师喊道。

罗莫从天空降下。他看到那个刺客牧师在准备着一个强力的治疗法术，足以治疗一个人身上所受的任何伤害。在那个治疗法术施展出来之前，罗莫已经先一步念出死亡的律令。

"死！"

魔法的力量贯穿了派斯的身体，把他的灵魂强扯出了他的肉体，

然后撕碎。派斯的身体无力地摔倒在地,任由无用的治疗法术落在身上。他重伤的身躯无法抵御这个致命的法术,他过去的一切计谋,未来一切的计划都失去了意义。他的野心和梦想一起随风而去。

"他死了。"罗莫看着四面八方的敌人,冷冷地说道。他这句话如同一个信号一样,让所有的银匕首成员都停下了脚步,他们中那几个举着弓弩,正打算发射的也停下了动作。

"你们即使杀了我们,也得不到任何东西了。更何况我们不会束手待毙。"罗莫继续说道。所有的银匕首成员都看向那个牧师(毫无疑问,他是他们的首领),那个牧师迟疑了一下,但是这个时候做出正确的选择并不费力。银匕首是以精明而闻名的组织,不会拘泥于已经无效的契约。牧师做了一个撤退的手势。

银匕首的成员一边警惕地盯着罗莫和塞文,一边向来路撤退。塞文把剑收回鞘内,一切都已经结束了。

"罗莫你⋯⋯"一声惨叫打断了塞文的话。塞文本能地扭头看向声音的来源,同时拔出自己的剑。声音来自一个银匕首成员,他发出这个叫声的理由很简单——他的身体上下插满了几十根箭,简直像头刺猬。而他却是这波打击下唯一一个还能喊出声的。这一波弓箭攻击一下解决了五个人,包括那个牧师和其他两个法师。

一场战斗爆发了。大批武装的士兵仿佛是从地下钻出来的一样,和剩下的银匕首成员混战成一团。这些银匕首刺客虽然个个武艺高强,可是面对超过十倍百倍的压倒性优势,他们几乎没能进行什么抵抗。

"这些是⋯⋯"罗莫惊讶地看着这些士兵缓缓地从四面八方包围过来。

"是勋文伯爵的士兵。"塞文从这些士兵的衣着打扮上辨认出他们的来历。虽然这些人消灭了那些银匕首的成员,但不管从哪个角度来分析,这些士兵的脸上都不像是带有善意。

"他们怎么会来这里⋯⋯"罗莫有些惊讶地问。

"你问我我问谁去？"

这可不是一般的小股巡逻队。从数量上分析，这支军队有好几千人——他们的包围简直是密不透风。这么庞大的兵力出现在这里绝对不能用"偶然"来解释的。

伴随着一阵发号施令的声音，士兵们让出一条通路，三四个人走到前面来，面对着塞文和罗莫。

"勋文伯爵……"塞文听到罗莫发出这样一声惊呼。

塞文看向那几个人。领头的那个年纪约莫四五十岁，一张扁平脸，一双鼓凸的眼睛。根据一种久经考验的说法，这种眼睛代表着愚蠢傲慢、性子暴躁且喜怒无常。他的手臂比较短，身躯肥胖，挺着一个颇大的肚子，外加上一双长得有些过分的腿——这个人在总体上看起来极其类似一只癞蛤蟆。这副难得的尊容让人印象深刻，见过他的人绝对不会忘记的。

"王子殿下。"那头癞蛤蟆开口了，声音中充满了一种让人不愉快的腻味，"真的很高兴你能光临在下的领地。但您这样不辞而别，实在是让我很难办的啊。"

"王子？"塞文已经明白了癞蛤蟆的目的。他也是为了罗宾而来——而且不是带着善意而来。癞蛤蟆确实有足够的动机——霍尔曼曾经说过，要是王子一死内战就会爆发，除非是死在癞蛤蟆的势力范围内。而癞蛤蟆的智力似乎已经意识到前者，却还没意识到后者。塞文抱起躺在地面上的罗宾。"你看清楚，她根本不是王子。她也不可能去继承王位。"

"看来您的这位同伴还被蒙在鼓里呢，王子殿下。"勋文伯爵不怀好意地笑起来。塞文这才发觉勋文伯爵说话的对象并非是罗宾，而是罗莫。

"怎么回事……"塞文惊讶地看向魔法师。他是猜测过这个来历不明的魔法师的来历，但不管怎么想，他也不能把这个说话文绉绉、满口阿谀奉承、肚里暗藏鬼胎的魔法师和"王子"两个字联系起来。

"啊……哈哈哈哈……真的是太有意思了。王子殿下，您居然连同伴都隐瞒过去。"勋文伯爵再次大笑起来，"好吧，那么我替您郑重地向您的这位同伴介绍。这位是罗莫王子殿下，先皇的外孙，安菲公主的长子，柯迪雅未来的统治者，同时也是大法师塞柱尔的亲传弟子——我说得没错吧？"

塞文看了看罗莫的脸。这张脸上的表情已经很清楚地说明勋文伯爵并没有胡说八道。那他手中的罗宾呢？她是谁？塞文看着怀中依然昏迷不醒的少女苍白的面孔。汤马士临死时的声音再一次在他脑海里响起，一股怒意突然从他心头升起。

"你还知道些什么？勋文伯爵。"罗莫冷冷地问。

"还知道相当多的东西，王子殿下。在您年幼时，您遭遇到多次刺杀。为了您的安全起见，您的母亲，安菲公主，为您想出了一个高明的办法。她宣布您因病夭折，同时偷偷地把年幼的您送到和皇族关系密切的大法师塞柱尔那里。她希望借此让您安全成长——到您的妹妹出生时候，她又进一步完善了她的计划。她把罗宾公主当成一个男孩，以吸引别人的注意力。多么完美的计划啊，罗宾王子按照古法一路巡游旅行到王都，在所有的注意力都集中在她身上的时候，另外一个早已经成年的王子出现在加冕仪式上，宣誓继位。老实说，如果不是你用来带信给你老师的那只蝙蝠给逮住的话，所有人都还蒙在鼓里呢。"

罗莫的脸一阵发白。

"想必王子殿下念了不少书，把'最危险的地方就是最安全的'这种话当成经典。可惜，最危险的地方依然是最危险，安全不起来。"勋文伯爵哈哈大笑，看起来他已经认为自己胜券在握，"您既然来到这里，就让我好歹尽尽地主之谊……哈哈哈……"

"塞文……"罗莫用轻得不能再轻的声音说道，"你会履行委托的约定吧。"

"当然。"塞文用同样轻的声音回答。

"王子殿下，不要想用您的魔法哦。"勋文伯爵得意地晃了晃自己手上的一枚戒指。戒指上闪着淡淡的蓝光，"我和派斯那个笨蛋不同，我对自己的安全向来很注意。这个戒指能抵抗所有的魔法。"

"那么你到底想干什么？勋文伯爵……我们也许可以达成一个约定……一个对您、对我都有好处的约定。您要知道，即使你杀了我，您也不能得到任何好处……"

"未必，王子殿下。您要知道，只要您一死，国内诸侯都有资格问鼎皇位，包括我在内。所有的贵族，只要愿意，就可以在祖谱中找到皇家的血缘联系……只需要把您的尸体栽赃到霍尔曼的头上，他就无法名正言顺地继承皇冠了。到时候，战端一开，凭借我的天才，我的精锐的军队，还有我伟大的名声，难道我不会成为最后的胜利者吗？我将成为皇帝，开国君主……"

霍尔曼对勋文伯爵的评价可以说一针见血，塞文不由得这么想道。

趁着勋文伯爵得意洋洋说话的机会，罗莫右手伸进怀里，猛地抽出一根魔杖。

"魔法杖？没有用的，王子殿下……"看到罗莫的举动，勋文伯爵依然不以为然。他看起来很享受别人的绝望和紧张，所以现在还没有下手，"弓箭手准备……"

说时迟那时快，罗莫举起魔杖，在所有人的目光都集中到那根魔杖的时候，他的另外一只手从口袋里抽出那条黑布。这一次他不是铺在什么地方上，而是罩向塞文。

塞文没有躲闪。那块布虽然笼罩在他头上，但是他却没有被布笼罩住的感觉。仿佛被丢进了一个漆黑的空间，四周什么都没有，没有光，没有感觉，只有一片的黑暗。

"等着我，我会来找你们的……"在完全被黑暗笼罩之前，塞文听到这句话，以及弓弦的响声。

黑暗持续时间并不长，一点光亮很快出现在塞文视野里。塞文抱着罗宾没有动,而那道光迅速地移动过来,在塞文意识到那实际上是阳光之前,他发现自己已经站在一个陌生的地方了。

那块屡立奇功的黑布现在就在塞文身边。不过它的表面已经完全丧失了原先的魔法光泽,变得和普通的乡下农妇的纺织品没有什么区别。这件魔法物品已经被摧毁了,因为超负荷使用而被破坏。

他现在所站的地方是一片起伏不定的丘陵。远处能看到一座小山,几条溪流沿着山坡潺潺流动。小山顶端是一片白色,那不是雪而是白色的岩石,整个山顶都被这种白色岩石所覆盖。四周看不到一点人烟。一只兔子突然从一堆草中探出了头。在看到塞文后,兔子马上又缩回了窝里。

平坦宽敞的收税官大道就在那座小山脚下延伸而过。从大道的宽度可判断,一座城镇就在这附近,距离这里不超过两天的路。

塞文选了个合适的位置放下手中的罗宾。这个女孩依然处于半昏迷状态,她的嘴唇微微嚅动着,不断地喊着"妈妈"、"哥哥"和汤马士。

刚才勋文伯爵所说的一切真的是匪夷所思。如果不是双方都承认了这一点,塞文一定以为那是痴人说梦。保护者反而是被保护人,被保护者反而只是一个诱饵。即将继承皇冠的根本不是年方十五、正在进行成人巡礼的少年——甚至不是少年,而是早已经成年的大法师。其中的种种奥妙几乎让人想不透。罗莫早已经成年了,他为什么不去继承皇位呢?反而要拖到现在……

罗宾的一声呻吟打断了塞文的思路。一切都等到罗莫回来后再说吧。他所接受的委托是保护罗宾,不管他是王子还是公主,不管他是否要继承皇位。其他的事情他没有必要想太多。

他要保护的是罗宾,知道这一点就够了。杀手和保镖是截然不同的工作,前者需要尽可能了解目标以及目标身边人的一切情况,因为所有的人都是敌人;而后者却不需要了解这样多,因为还有可靠的盟友。

第九章 真相

第十章 幸存者

罗莫是在天黑之后出现的。

塞文不知道罗莫到底根据什么找到了他，但想来这个魔法师早有准备。所以罗莫从一个山头冒出来的时候，他一点都没有惊讶。那个勋文伯爵是不可能伤到他的——对付一个魔法师的有效方法是先下手为强，让一个咒语都别从他嘴里冒出来。而那个白痴癞蛤蟆为了满足自己的表现欲而那么滔滔不绝地说了一大堆，能杀得了罗莫才怪呢。

罗莫也不是毫发无伤。他的肩头有一大片血迹，那是被剑划伤的，但并不严重。此外，罗莫的长袍有多处破损，可见是经过一场激烈的战斗才脱险的。

"那个勋文伯爵可真难对付。"在看到塞文和罗宾都安然无恙地等着自己的时候，罗莫松了一大口气，"费了好大工夫和他们纠缠，好不容易才摆脱了……"他挥舞着手里的魔杖，"不过有这个瞬移法杖，他们不过是捕风捉影而已，哈哈哈哈……可惜魔杖的力量快用光了，只剩下一次了……"

他走近前，注意到塞文似乎无视他的存在，而是专心看着罗宾。罗莫的笑声消失了。

"怎么了？"罗莫一直走到塞文身边。

"必须马上带她去治疗……"塞文看着罗宾火光下苍白的脸，

"我想我们犯了错。我们不应该让她在露天过夜，而且还不停地用冷水敷脸……使她的情况更糟糕了。已经发了一天一夜的高烧，什么东西都没吃……她体力难以支持下去了。如果持续下去，到明天日落的时候，她可能就有生命危险了。"

"我们必须马上找一个治疗者才行。"罗莫呆了一呆，似乎想起了什么，"对，这附近有一个城镇……那里一定有治疗者的……但是……"

塞文知道罗莫在顾虑什么，但是现在他们已经没有其他选择了。"要多少时间的路？"他问。

"还有两天……"罗莫立刻明白时间上的问题。他们现在可不是坐着舒服的马车，而是要步行。而且是带着不能动的罗宾步行，"我们必须找一辆车……或者马上就要连夜赶路……但如果带着她赶路，恐怕会让病情更加恶化……"

"你有可以用的魔法吗？"

"不行，我没有准备召唤坐骑的法术……而且那个癞蛤蟆必然派他的士兵四处找我们，我记得他们有好几百匹马……我们必须离开大道。但这样会让我们难以在明天抵达。"

"不。"塞文摇了摇头，"我们要走大道，而且是公开地走。"他眼睛看向堆在一边的黑布。失去魔法能量之后，这块布真的很粗糙。

收税官大道是联系整个国家的道路，因每年收税官都带着护卫沿这条大道前往各领主领地收取税款而得名。正因为如此，这条大道横贯国内许多偏僻荒凉的地方，许多路段甚至是终年不见人烟——除了每年一次的收税官的队伍之外。所以，各个领主的领地之间并没有非常明显的界限。在荒凉之地划分界限然后派士兵驻守毫无意义。一般的贵族都只在自己的居城和人口密集的地区安置警哨部队。

因此，勋文伯爵可以放心大胆地派遣自己的部下向四面八方大范围地搜索，而不必担心其他的麻烦。

在黑暗中，一队骑兵沿着大道奔驰而来，一只狗跟在他们身后。这些士兵每隔一段距离，就下马搜索一阵。犬类的灵敏鼻子很快发现了痕迹。那只狗突然冲向路侧的草地，发出一阵咆哮。所有士兵立刻下马，跟着狗的指引搜索。"这里有足迹！"很快一个士兵大喊出声。确实，地上的足迹非常清晰，很明显是刚刚走过的新鲜脚印。

"一个人……不……两个人！"其中一个个子瘦小的士兵明显是追踪的专家，"刚经过不久……他们上了大道。一个脚印很深，他不是很胖就是背着很重的东西……另外一个脚印轻浮……很可能是目标。"

"白痴，你以为他们会上大道？"这支队伍的队长立刻骂了起来，"你知道大道上没有隐蔽身形的地方……即使是夜晚也没有好多少。要是上了大道，马上就会给我们追上的。"

"如果他们有自信歼灭小股追兵，这么做也是很正常的！"那个小个子反驳道，他这句话让那个领头的军官不禁打了个寒战。

"反正我们又不是来战斗……把魔法信号发出去才是我们的工作。"军官强作镇定。他不禁想起那个法师的能力。谁都不知道那个法师还剩下多少法术，靠他们五六个人很可能根本不是对手，甚至可能瞬间全灭。

"长官，我们追上去看一下。不管是不是目标，这都浪费不了我们多少时间。"小个子士兵提议，"他们距离我们并不远。"

"也好，过去看看！"

小个子士兵的判断非常准确。没有花上多少分钟，他们就看到了大道上的两个人影。

"那是目标吗？不，有些不一样……"确实，大道上的那两个行人看起来并不像目标。其中一个非常高，高得让人印象深刻，另外一个则身材中等。而且两个行人身上都没携带武器，两手空空，连木棍都没有。单从远处看起来，他们似乎不是目标。

"我们去问问他们，小心点。"那个军官向一个部下使了个眼色。

部下会意，从口袋里拿出一个圆筒。这个信号筒是军队中常用的装备，一拉引信就会发出一道冲天的火光。只要火光闪起，勋文伯爵的主力部队马上就会赶到。

那两个行人明显已经注意到后面的骑兵队。两个人闪到路边然后站着不动。明亮的月光下，这两个人的外表一清二楚。他们中那个身材很高的头上戴着一条粗糙的黑布巾——那是乡村妇女出远门时最常见的打扮。不过这个女人的身材却有些高得过分——身高有两米多。另外一个男人则披一件破旧的旅行斗篷。这两个身上没有带什么明显的东西——这和目标的人数不符合。

"站住！"那个军官放下心来。身材上的差别太大了，这两个人不是目标。想起刚才多余的提心吊胆，军官感到有些恼火，所以他的口气很不友好。对于没有武装的平民来说，一个全副武装的军人所发出的不友好的声音是极具威慑力的。那两个人很不安地扭动身体，似乎在犹豫着该不该逃走。

军官注意到那个男人身上背着一个看起来极有分量的口袋。他把袋子倒甩着背在身上，扶着袋子的手上满是黑泥。而那个女人不安地抓着罩住自己头肩部的黑巾。她露在外面的手指纤细白皙，而那个男人的皮肤黝黑粗糙，只有农民才可能有那样的皮肤。可能是因为紧张的缘故，这两个人都多次看那个袋子。

"袋子里装的是什么？"军官立刻意识到袋子里装的很可能是贵重品。出于习惯，他立刻向几个部下做了一个暗号。一下子，五个人全部下了马围过来，把这一对行人围在中间。那个手里拿着信号筒的士兵就站在军官旁边。

"没什么……"那个平民支吾地回答。他拉低了头罩，极力掩饰自己的面孔。这个男人的声音听起来沙哑而沉闷。

"拿出来！"军官得意地拔出剑，晃了一下。这一瞬间那个平民行动了。他的速度快得简直像鬼魅，他把袋子丢下，而手中俨然已经多了一把匕首。在这些习惯欺压抢劫的士兵能够反应过来前，他的左手捏住了那个士兵持信号筒的手,使他没有任何发出信号的机会,右手的匕首闪电般地刺入心脏。他的动作是那样的快,干掉第一个后立刻扑向军官。军官本能地挥剑想抵挡,但他的动作太慢,太迟钝。对方如同影子一样从剑下闪过,匕首一晃刺进了他的喉咙。

"魔法飞弹!"那个身材高大的女人这个时候也开始发难,随着短暂的魔法念诵,五发魔法能量球从黑头巾下飞出,正中一个士兵的身体。那个倒霉蛋连哼都没哼一声就倒了下去。

"是他们……"一个刚刚脸上还带着下流笑容的士兵发出了喊叫。这个声音迅速被空旷的原野吞没。这也是这场战斗中唯一的一声喊叫——如果这也算一场战斗的话。只剩下那只狗夹着尾巴逃得远远的。

"真重……"罗莫解开了绑在身后的罗宾,同时抱怨了一声。他之所以这么高理由很简单,就是把罗宾巧妙地架在自己的肩头,同时用木杖支撑住少女的身体。依靠黑布的掩护,两个人看起来完全和一个个子特别高的人没什么两样。

"是你的身体需要锻炼。"塞文反驳。

"嘿,真正的力量又不在胳膊上。"

塞文用水洗去脸上的树汁和泥土。用这东西在野外改变肤色很方便,但长时间涂在身上会让皮肤过敏发痒。他和罗莫用最快的速度把尸体丢到大道边的草堆上。现在他们有了五匹马,虽然马上颠簸对罗宾的身体没好处,但现在已经管不了那么多了。有了马,他们天亮之前就能抵达城镇。

"塞文,"在他们做上马准备的时候,罗莫突然开口说道。

"什么?"

"你……不是个简单的侦察兵吧?"

这句话来得很突然,让塞文很吃惊。

"每一下都只攻击心脏和咽喉……这不是一个士兵的手法,即使是侦察兵也一样。只有刺客才会用这样的技巧。"罗莫缓缓地摇了一下头,"我从来没见过这么精准的攻击……"

"我什么都干过。"塞文用这个模糊的答案应付过去。罗莫没有追问,他们很快骑上了马,沿着收税官大道前进。只在大道上留下几摊并不明显的血迹。

罗莫一定已经发现了什么。的确如此,他这一次表现出来的技术实在太突出了。就算是强调个人身手的侦察兵,也难以有这种程度的技术,能够毫不犹豫地一剑刺进心脏。但是现在这已经没有什么关系了。他已经没有隐瞒自己身份的必要,汤马士已死,他的任务也已经结束。

这通宵的旅途十分顺利。他们天亮的时候赶到了这个无名小镇。没有任何多余的时间可以浪费,他们立刻就把罗宾送到镇上唯一的一间神庙里。罗宾的病情比塞文所想的更糟糕,从神庙里那个牧师难看的脸色就知道情况有多严重。

"一个礼拜……"牧师最后做出判断,"真的很幸运,如果再迟一点,这孩子恐怕就有生命危险了。"

"尊敬的大人……我们正在旅行当中,耽搁一个礼拜恐怕……"罗莫用卑躬屈膝的口吻哀求道。

"如果你们珍惜她的生命,就不要想在一个礼拜内上路。"牧师面无表情地拒绝了罗莫的要求,"先休息一个礼拜吧,旅行者。否则你们就有参加葬礼的可能。"

"我们应该怎么办?"走出神庙的大门后,塞文问道。一个礼拜的时间对现在的他们来说实在是太奢侈了。在这种情况下,在一个镇子里待七天,没有任何人可以保证这么做会有什么后果。但一个大法师也许还有其他的办法——毕竟魔法是一门神秘的艺术。

"当然是用我们的钱包来解决问题啦。我们得尽快把马卖掉。"

"贿赂会有效?"塞文怀疑地问。他对于察言观色颇有些经验,那个牧师一点也不像是在故意勒索他们。

"在下的意思是……我们得用我们的钱包找一家旅馆,让我们可以舒服地住七天的旅馆。"

"……"

"老板，所谓善人不欺远客，你不要因为看我们是外地人就加这么高的价啊……"

塞文静静地站在一边，听着罗莫和旅店老板进行马拉松式的讨价还价。现在他终于可以安下心来考虑这个魔法师的事情了。罗莫是王子，而罗宾只是公主……所谓的成年巡礼只是一个诱饵……其中一定大有文章。他斜眼看向罗莫。罗莫依然带着不达目的不罢休的执著和旅店老板讨论一礼拜的房价。他真的是个王子吗？怎么看都只是一个酸溜溜傻乎乎、同时爱财如命的骗子法师，看不出哪怕一点点的贵族气质。

"三个银币一天……"旅店老板终于屈服了。与其和这个吝啬的家伙进行永无休止的价格战，不如节约出这点时间来做更有意义的事情。老板用极其不友善的目光看着罗莫。如果不是因为恰好旅馆客源不多的话，他一定会一脚把这个家伙踢出门。

"你……真的是王子？"在房间里坐下后，塞文突然发问。

"王子……这个称呼真的很不习惯呢。不过如果一定要追究血缘，并且凭借血缘冠以头衔的话，我确实能算得上一个王子。"罗莫露出一个无奈的笑容。

"那么罗宾，还有汤马士是怎么回事？"一瞬间许多的话题涌上塞文的脑海。但他最后还是压下脑海里的纷争。如果罗宾根本不可能继承王位的话，那么汤马士为什么要进行这么一场危机四伏、并最终送掉他性命的旅途？毫无疑问，汤马士一点也不知道罗莫的真正身份。

"饵……一个诱饵，把所有人的注意力从我身上引开。"罗莫脸上不再有笑容，他的表情变得冰冷，"那孩子从生下来开始，就被当做男孩……作为我的替身，我的盾牌。替我吸收所有的危险……"

"那么……"

"塞文先生，如果愿意的话，我给你讲一个故事吧。不过这个故事很长。"

"我有足够的时间。"塞文回答，"午餐还早得很。"

"这个故事要从一个公主、一个皇帝的女儿开始。她一生最大的悔恨就是成为了一个女孩。她最大的理想就是变为男儿身——当然，这是不可能的。"罗莫看着窗外，看着上午的明媚的阳光照着整个院子，他的声音逐渐低沉起来，"她有很强的权势欲……比男人更强。如果她是男人，那么她应该端坐在最荣耀的宝座上，戴着至尊王冠。在我的记忆里，她总是歇斯底里地诅咒，诅咒自己为什么不是男人，她比任何人都渴望着王冠。但是很遗憾，她虽然只距离王冠一步，但那一步却隔着深渊。保守力量非常强大，所有的臣子都一致反对……哪怕是皇帝都无法改变这一点，女性即位是不可能的。"

"公主……安菲公主？皇帝的独生女？"这段历史几乎无人不知，塞文当然也不例外。

"公主在她毫无感情的婚姻里生下了一个男孩。于是她一切的理想都转移到孩子的身上。她的理想就是让儿子继承皇冠，为此，她不惜一切。她爱着那孩子，但却不是母亲对孩子的爱，而是权力迷对皇冠的爱，正如守财奴对金钱的爱一样。遗憾的是，同样渴望皇冠的不止她一个，这孩子将是其他所有人的阻碍。一把把淬毒匕首、一杯杯穿肠毒药逐渐出现在这孩子的生命里。然而每一次的谋杀都误中副车——前后有十六个孩子代替王子死在了刺客的手下。你知道为什么会这样吗？"

"幸运？不……没那么简单……"塞文眯起了眼睛，"那是因为，在安菲公主的襁褓中的，根本就不是真正的王子吧？"

"正确答案。从我一生下来开始，就被送到一个安全的地方……黯法塔里。从年幼开始就接受法师训练……没有人知道我的身份，只知道我有很强的天赋。柯迪雅皇族代代都有魔法的天赋……"

"这样……于是公主为了安全起见，为了防止别人追根究底地追寻王子的下落,或者是追查一个突然冒出来的、有魔法天赋的孩子的来历,宣布儿子夭折?"把前后一切都联系起来,一切就都很清楚了。塞文已经大致明白了安菲公主的计谋,"但是别人都不是傻瓜。就算宣布王子夭折,也阻止不了有心人的继续追查,于是在生下第二个孩子后,安菲公主就利用这个女儿来吸引别人的注意力……别人越是关心这个女儿,真正的儿子就越安全。另一方面,也暂时延缓一下继承皇位的时间,一直到儿子有足够能力保护自己。还有,要进行公开的继位仪式必须召集所有的贵族,所以干脆就利用女儿的成年来达到这个目的。而这次成年的巡礼之旅也是故意的,仅仅为了在最后关头依然迷惑所有的人,每个人都以为要即位的就是进行巡礼的那个孩子……哪怕以牺牲女儿的代价也在所不惜。公主本人可以在王都等待着继位仪式,直到最后一刻才宣布,要继承皇冠的是长子……"

"可惜她看不到这个场面了……"罗莫讽刺地笑了一下,"她已经死了。"

"死了?"

"去年的瘟疫……她和她的丈夫,在北方拥有最大领地的奥达公爵夫妻都死在那场瘟疫中。"

塞文注意到一点,整个过程中,罗莫都以第三者的称呼,没有叫过一声"妈妈"。他只用"公主"来称呼自己的母亲——这只能有一种解释:在他心中,有着难以痊愈的怨恨。

"那么……你为什么要加入到汤马士的队伍?为什么不安全地待在首都,带着皇族的证明,等候着车队的抵达?"塞文问出了最后一个问题。

"我……"罗莫脸上的表情波动了一下,最后凝聚成一副温和的笑容,"只想保护我的妹妹。我想让她幸福……我想尽……我一直没有能履行一个兄长应尽的职责。"

各种强烈的感情一下子冲上了塞文的心头,让他一时几乎无法

自制。"傻瓜！"他几乎想喊出来，但却没有。最后只有一股苦涩却又甜蜜的味道泛上喉咙。

"我去检查一下，看看有没有追兵赶来。"塞文站起来，向门口走去。但他知道这不是真话。他走出门，猛地连吸几口甘洌冰冷的空气，才让自己的心平静下来。

"一个兄长的职责……"他低声地自言自语，然后走出大门。一个傻瓜，彻头彻尾的大傻瓜，和他那个傻瓜妹妹倒真的很相配。所谓血统决定论也许真的有其理由的——有其妹必有其兄。

这个镇子不大，从旅馆的门口就能直接看到小镇的入口。如果有追兵过来的话，他们必定要通过路口，并且打听陌生人的消息。然而大道上此时空荡荡的，一个旅人都看不到。最好的结果当然是励文伯爵作出了错误判断，认为自己已经不可能追上这三个逃跑者，从而放弃。否则的话，他一定可以发现被杀的部下，一定可以找到这个镇子，然后一定可以发现塞文他们还在镇子上。

一个聪明人永远会按最坏的可能准备。塞文估算了一下时间和路途，如果励文伯爵的部下不是一群猪，那么他们在三天内会追上来的。他们会带着狗（就好比那帮被他们干掉的家伙一样），用气味来追，这是一个极其有效的办法。遗憾的是，对于塞文这样的人来说，狗是没有用的。否则的话，他现在早就不站在这里，而是被埋葬在某个无名坟墓之中。一个杀手最重要的课程之一就是对付嗅觉灵敏的动物。

狗依靠嗅觉来追踪。而至少有一百种方法可以扰乱人类留下的气味。

一天的光阴再次逝去，太阳从西方落了下去。小镇上的居民也结束了一天的作息，在烛光和火炉中享受自己一天劳动的果实。就在夕阳最后的余晖从天空消逝的时候，塞文的身影再次出现在小镇里。

旅馆里空空的，只有几个客人在讨论最近的气候问题。没有人

对塞文一日的外出有什么异议。罗莫不知去向，但塞文知道他一定是去神庙看妹妹去了。这一日一夜的行程消耗光了塞文的体力，塞文回到房间，几乎是一头倒在床上。但这一天的疲劳是有价值的，起码他不必担心那些受过训练的动物会给勋文伯爵指引方向了。

旅店客房外传来轻微的脚步声，细微而琐碎，在临近门外的时候明显迟缓。其中的变化也许普通人毫无感觉，但绝对瞒不过"剑刃"塞文，即使是在他疲惫不堪、躺在床上即将入眠的时候也一样。塞文的身体迅速弹起来，无声地贴近门边，手里拿着永远放在伸手可及范围内的剑。这不是罗莫的脚步声，也不是旅店的老板伙计的脚步声。

门被无声无息地推开。塞文如同一头豹子一样扑了上去。在这个不速之客能够做任何抵抗或者闪躲动作之前，长剑已经架在了他的喉咙上，剑锋紧贴在喉头的肌肉上。

"谁？来干什么？"

来者愣了一下。他没有做任何鲁莽的挣扎反抗，只是用一个塞文熟悉的声音说了一句。

"这就是你的待客之道？'剑刃'塞文。"

"你是……牧师？"塞文终于认出了访客。进入他房间的是霍尔曼的部下，那个战神坦帕斯的牧师。牧师身上没带任何武器，也没穿任何铠甲，是空着双手来的。塞文慢慢地把剑从牧师的喉咙处挪开。他知道自己迟早都要再次面对这个人，只是没想到居然这么快。既然牧师来到这里，说明霍尔曼已经知道了大体情况。这并不奇怪，勋文伯爵那头癞蛤蟆在那么多人面前讲述了罗莫的事情，要是霍尔曼不知道那才奇怪了。但是，在如此短暂的时间里他们就知道他的下落……这似乎太有些异乎寻常了。除非牧师是根据某个标记找到他的。

塞文不认为自己身上有任何东西存在标记，他的装备每一件都非常普通。

"你违反了约定，塞文。"牧师花了点时间整理了一下被扯乱的衣服，说道，"你至今尚未完成工作。"

"违反？"塞文坐回床边，发出一声冷笑，"我允诺的内容是，那孩子将不是霍尔曼皇冠的威胁，事实上我已经做到了这一点。而且，你没有告诉派斯的事情。我差一点死在他手上。对了，你怎么来的？"

"当然是依靠那些魔法师的传送。至于派斯的事情我可以道歉，虽然你很出色，但是我们毕竟不能把所有的鸡蛋都放进一个篮子里。我们本来希望派斯完成工作，万一他完不成，你就可以帮忙完成。"

"我是他的后备？看来我们的霍尔曼王子殿下真的是深谋远虑啊。那么谁是我的后备？"

牧师露出一个笑容。"我不是来说这些的，塞文。霍尔曼王子已经原谅了你，原谅你干掉派斯的事情。毕竟派斯那个笨蛋主动攻击了你，你的举动可以被看成是自卫。这一点你完全可以放心。另外，汤马士爵士的死也不是你的责任。现在王子殿下需要你尽快完成任务……在哪里动手已经不重要了，他要马上看到罗莫王子的死！"

"我们的约定中没有这一项。我要对付的是罗宾，而不是那个魔法师。"塞文坐到床上，不感兴趣地回答，"现在罗宾已经不是皇冠的威胁了。"

"我们没有时间玩这种文字游戏。"牧师皱了皱眉头，但还是保持着善意的笑容，"罗宾现在根本无关紧要……她怎么样都没有关系。让她平安活下去应该更好，也许霍尔曼殿下会让她嫁给其他国家的某个王子以缔结一项盟约。总之，现在的关键是罗莫，霍尔曼殿下要他死。现在他和你一起，你应该很容易就能做到。如果有难度的话，我也可以很快给你安排一个机会。"

"我还没接受委托呢。前一个任务已经完成，我的尾金尚未得到……你叫我如何立刻接受下一个委托？"

牧师脸上的笑容转瞬间消失不见，他的声音里开始加进了另外

一些成分。"不要考验我的耐心，塞文。"他把威胁的意味变得浓了好几倍，"我可以把你从火刑架上救下来，就可以把你再一次送上去。"他看着塞文，塞文似乎根本没听到他的话，只是专心致志地把玩着一把小匕首，"如果你觉得酬金和工作难度不符合，我会解决这个问题的。你选择一个令你满意的数字就可以了。霍尔曼殿下那边我来负责。"

牧师盯着塞文的脸，期待一个正常的答复。然而塞文却似乎没有理会他的意思，只是不断地把玩着自己那把匕首。牧师的脸上浮现恼怒的红晕，随即褪去。

"还有点时间可以让你好好考虑一下。不过我提醒你，和霍尔曼殿下作对是没有好下场的。他的身后有整个国家的力量，而那个罗莫除了血缘一无所有。"牧师转身离去。出去带门的时候用力地把门一关，震得门轴都发出嗡嗡的声音。他的脚步声很快消失在远方。

"都听到了吗？"塞文终于停止把玩匕首，"什么都知道了，还躲什么呢？"他对着距离床边不远的空气说道。

"啊……你怎么知道的？"空气里发出惊讶的声音，接着，罗莫的身影从虚空中幻现，"我记得我的脚步已经很轻了。"

"我已经让你在澡堂里成功了一次。"塞文看着罗莫手忙脚乱、有些惊慌的样子微微一笑，"因此我知道了你有偷窥的癖好。难道还会让你成功第二次？"他话音一转，变得冷峻起来，"你什么都听到了吗？牧师进来的时候你就跟进来了！"

罗莫点了点头，他的手中只握着自己的手杖，身上全无防护。但是塞文知道一定有一个致命的咒语正在这个魔法师脑海里翻腾着，随时可以发出来。同样的，塞文虽然只是无害地坐在床上，但一瞬间他就可以跃过彼此间那点微不足道的间隔，把匕首送进法师的胸口。

"'剑刃'塞文？"罗莫苦笑了一声，"我就觉得塞文这个名字听起来耳熟……"他的声音迟缓了一下，两人现在四目相对，彼此在表面上都装出平静而没有威胁的姿态，事实上心中却为那即将到来的

战斗急速考虑着取胜之道,"像你这样一个有名的刺客为什么……"

这是一种脆弱的和平。只要一方有那么一点点的威胁,或者是看起来像威胁的动作,都会引来另外一方的攻击,然后变成一场毫无妥协余地、生死相拼的战斗。但在另外一方面,此时的战斗却不是双方想要的结果。他们两个彼此都作好战斗的准备,仅仅是出于人类自我保护,以及彼此提防的本能。

"我本来是来杀罗宾的。"塞文毫不介意地承认了这一点。其实傻瓜都能推断出刺客的任务——在明白他是个专业刺客之后。

"霍尔曼派你来的?"罗莫接着问。

"他让我在那头癞蛤蟆的地盘动手,同时尽量保证汤马士的安全。"塞文毫不在乎地回答。他把玩着匕首,同时考虑投掷出去,一发致命的可能性,就算打不中也可以打断罗莫的施法。"他会不会动手……"他立刻抛开这个愚蠢的念头,仔细地分析自己每一个胜利的机会。这个问题是多余的,因为谁都无法判断别人的举动,只能做好自己的准备措施。他们中任何一个此时都可以被轻易杀死。用魔法杀一个人本身就是再容易不过的事情,而剑和匕首刺进心脏或划开喉咙则不会有第二个结局。

"我们……是朋友……对不对?"罗莫试探地问。虽然彼此一起度过了这么长时间,甚至一起作为战友进行过生死战斗,但他们之间依然是陌生的。在战斗和旅行中缔结友谊和盟约(如果那真的存在的话)的是骗子法师罗莫和见义勇为的旅人塞文,而不是王子罗莫和"剑刃"塞文。由双方戴着伪装的面具而发生的关系是那么的脆弱,脆弱得让人无法对他抱有任何信赖。即使是同一个人,两个不同的身份和立场就可以完全改变一切。

塞文轻轻地摇了摇头。朋友?我们真的是朋友吗?一个以刺杀别人的生命过日子的刺客能有朋友?他在内心深处扪心自问,然而却没有答案。"也许是朋友,也许不是。"他低声回答。他观察着罗莫嘴唇每一个细微的动作,但罗莫并没有借说话来掩护轻声念咒语。

"但对我来说,你却是个朋友。"罗莫上前一步。他这是完全把自己暴露给了塞文的匕首。因为这个距离,任何魔法的念诵都不可能比得上刺客闪电般的动作。罗莫把自己完全地交到了塞文的手上,因为现在他的生死控制在塞文一个简单的直刺动作下。只要塞文心存恶意,他绝对逃不掉。

塞文看着罗莫的脸,手不知道什么时候已经停下了原先把玩匕首的动作。他的手握紧了匕首。

"我们可以谈谈。"罗莫五指紧紧抓着自己的手杖,因为用力过度,导致他的指关节发白。

"谈什么?如果你想告诉我,你登上皇位会成为一个好皇帝,而霍尔曼如果即位则会成为一个暴君,那么我劝你就省了。统治者是明君还是暴君对我来说毫无关系,举国战乱对我来说甚至更好,因为那样我就有更多的工作可做了。"塞文冷冷地说道。他的眼睛看向罗莫的胸口,在那里寻找着心脏的位置。"快动手。"他的心里一个声音呐喊着,"这样的机会不会再有了。"确实这是个机会,只要前刺,罗莫绝对连使用一个魔法的机会都没有。有那么一瞬间,他几乎都以为自己已经动手了。

"我会成为一个好皇帝?"罗莫脸上露出一个浅浅的笑容,"不,塞文。没有人可以说他戴上那个皇冠还可以宣称自己的正义和善良——你见过那个皇冠吗?至尊皇冠?"

塞文点了点头。"是的。"他回答,"真够大,很值几个钱。"

"那皇冠还有一个名字,叫剑刃皇冠。"

"剑刃皇冠?"

"这个称呼有两个由来,一个是因为这个皇冠的第一个拥有者,是在战场上用自己的剑赢得了戴上皇冠的资格。另外一个就是头戴皇冠的人,手上必然拿着染满鲜血的长剑。不论是战场上砍杀的骑士剑或是暗杀用的短剑——王者是不可能有一双清白的手的。如果我登上皇位,我也必然要借助剑和魔法来保护我的皇冠。翻开史籍,

你就能看到权力的诱惑，会让愚蠢的人们舞蹈至死……荣耀的宝座就是吸引他们的诱饵……所有的人……都被剑刃皇冠给狼吞虎咽下去……"

"你看起来对皇冠并没有多少渴望。"塞文看到了罗莫脸上黯然的表情。塞文依然还记得霍尔曼抚摸皇冠时的表情，当时那副表情和此刻罗莫的表情正是两个对立的极端，一个陶醉，一个黯然；一个欣喜，一个悲伤；一个贪婪，一个淡漠。

"一定要形容的话，也可以这么说吧。对我来说，魔法是比权势更好的东西。"罗莫轻轻一笑，"我想我更喜欢去研究魔法，而不是在宫殿里接受什么人的阿谀奉承。我甚至觉得，也许我只适合阿谀奉承别人。"

"而且方式并不高明。"塞文用仅能让自己听见的声音说道。

"也许你要问，我为什么不放弃？既然自己不喜欢，那干脆让给喜欢的人好了。"罗莫再次微笑了一下，而塞文依然警惕地观察他每一个细微的动作，"但我不能……为了罗宾……我唯一的妹妹。"

"为了罗宾？"塞文不得不表示惊奇。

"还记得我跟你说过我母亲——也就是安菲公主的事情吗？"罗莫停了一下，"或者你也早已经听说，她在结婚的第二年生下我，但是却是在十五年后才又生下了第二个孩子……原因是什么想必你也知道。虽然她可以过着奢侈的生活，金钱和权势集于一身……但是她却是一头黄金牢笼里的鸟。"

"啊……"塞文发出了一声无意义的叹息。他对这种情况也知道一些——任何人都有所风闻——贵族们为了巩固自身的地位和权势，往往要缔结一些违背当事人意愿的婚约，这种事情的确司空见惯，不足为怪。安菲公主的情况他知道得不多，但想来也就这么一回事。

"我不想让罗宾也这样。我希望她平安成长，然后和一个爱她同时也被她所爱的人度过平静而幸福的一生……你刚才也听到了吧，

如果霍尔曼当上皇帝，给自己戴上皇冠，大概他会把罗宾的一生当作一颗棋子，把她作为重要筹码和某人做一笔交易。一笔只对他自己有利的交易。"

"那不是很好吗？"塞文握着匕首的手松开了一点。很糟糕的谎言，不过在短时间内能够编造出这样的谎言也算可以了，"你可以和他做一笔交易，用皇冠来交换罗宾一生的幸福。他应该不会拒绝这样的交易。"他看着罗莫，随即发现罗莫脸上浮现出一个很惊讶的表情，好像是听到一件不可思议的事情。这副惊讶接着变成了苦笑。

"你的意思是，我放弃对皇冠的权力，来和霍尔曼秘密交易？"

"正是如此。"

"这个想法是不错……"罗莫苦笑着，"但却是不可能的。塞文，政治比你想像的一切东西都更黑暗，一切东西都只能向最坏的方向想——因为只可能发生最坏的一种情况。刺客的手都比政治家的干净。霍尔曼为什么要和我交易？他掌握着所有的优势，而我却一无所有……只要我一死，他就可以安然无忧。而原先保护着我的身份秘密却同时是锁住我的牢笼，没有人有借口可以对他发难，因为'我'早已经死掉了。好吧，就算他觉得和我交易有意义，那么为了宣誓，必然召开国内所有的贵族，公开地宣布这件事情。那么他凭什么可以相信我会公开宣布这事情，而不是借这个机会宣布他为叛逆，宣布我自己登基？或者交易达成，我已经宣布放弃权力，那么我靠什么可以让他能够履行秘密约定？塞文，一个刺客要履行和约，一半是因为需要信用，一半是因为尚未收到主要酬金（尾金总是占绝大部分），而对于一个君主来说却没有任何可以制约他的力量。"

"他总需要维护他的名誉吧。要是他公开答应，那么他总不能食言。"

"只要别人不知道，他的名誉就可以保护住了。或者具体地说，他只需要让别人以为那是罗宾'自己同意'就可以了。甚至极端一点来说，他只需要让别人不知道'罗宾不同意'就可以了。对一个君主来说，做到这些难道很难吗？"

"但你不是在吗？难道你不是在看着的吗？"

"我？如果我真的宣布放弃皇位，我唯一的选择就是立刻远走高飞。霍尔曼绝对不会容忍我这样一个'正统继承人'存在的。如果我是他，我也会做出同样的选择的。而且……关键是罗宾太重要了。奥达公爵夫妇都已经死了，他们留下的继承人，只剩下罗宾。霍尔曼不会轻易放弃这块土地，他最好、最稳妥的选择，就是让罗宾和某个他的忠实部下成婚，从而名正言顺地控制那片领地。其次的选择就是杀了她。"

"但是就算如此，就算你成功地在所有贵族面前宣布你的身份，宣布你继承皇冠——你就能成功吗？"塞文冷冷地直接切入问题的核心，"正如你所说，霍尔曼绝对不会放弃皇冠的。就算所有的贵族都承认你的身份，其他所有人都一致认同你有资格继承皇冠——你就能成功吗？霍尔曼说过，就算所有的贵族集结起来，在统一的旗帜下同他开战，他也有胜利的把握。"

"啊……所以我软弱的真面目就显示出来了。确实没错，安菲公主的一切苦心筹划秘密安排，一旦接触到实力这个最后决定因素的时候就变得苍白无力。霍尔曼父子两代摄政，多方经营是有成果的。正如你说的，就算我一切顺利，公开宣誓继承皇位，那也决定不了一切。只会导致一场全面的内战。霍尔曼并不像他说的那样有把握，这场战争胜负难料，但不管怎么样，都会荼毒苍生……所以，我根本没想把皇帝当下去。"

"不当下去？"塞文愣了一愣。

"就算我继承皇位，我也可以再逊位。"罗莫解释道，"一旦我戴上皇冠，我就有足够的资本和霍尔曼做笔交易。用皇帝的诏令，我可以好好地安排罗宾——因为霍尔曼如果是从我的手中接过皇冠，他就无法改变我的公开诏令，否则他就失去自己的立场了。如果汤马士还活着的话……他可以成为罗宾很好的监护人。那老人就如同一个父亲一样深爱着罗宾……安菲公主从来没尽多少母亲的职责,真正照顾罗宾的是汤马士。"

汤马士……想起这个名字的时候,塞文的心里感到一阵莫名的悸动。他不喜欢的悸动。如果当时不是汤马士拼死过来替他挨了一下,那么现在他已经死了。但这是汤马士自己的选择,他并没有逼他,所以他根本没欠那个老人什么——塞文很多次如此告诉自己。然而每当他如此强调的时候,他总是想起另外一件完全不相关的事情。那是他被枷锁铐在刑台上之时,那碗在他干渴难耐时端到嘴边的清水。

"你戴上皇冠就有资格和霍尔曼做交易是什么意思?"塞文尽力让自己的心平静下来,不去想汤马士还有其他什么人,"而且根本不可能。就算你一路平安,帝都内还是充满了霍尔曼的士兵,他完全可以封锁一切,绝对不让你进来参加什么即位仪式。"

"没那么糟糕,只要我戴上皇冠……具体地说,只要我能够进入帝都,霍尔曼就不得不屈服……起码在帝都范围内不得不屈服。因为剑刃皇冠里藏着可以把柯迪亚城整个送上西天的强大力量。不过唯有皇族血统的人才能使用这力量。"

"什么意思?"

"我记得我说过,柯迪亚皇族几乎代代都拥有魔法的天赋……但是有这个天赋不一定是好事情。某位疑心病比较重的祖先——他总是疑心贵族们背叛他,起兵攻打帝都——给剑刃皇冠上加上了一个强力的魔法。这个魔法可以点燃城市地底深处的油矿,产生一场恐怖的爆炸,把整个城市送上天。这样一旦城市被外敌攻陷,皇帝走投无路的时候,他还是可以拉上所有的进攻者给他陪葬。不过他只是多疑,不是傻瓜——为了安全,这个魔法只可能被拥有皇族血统的人使用,也只有真正的继承人才知道使用这个魔法的口诀。"罗莫顿了一下,眼睛看向塞文,"我的爷爷,也就是先皇去世的时候,将皇冠上关键的一部分取下,交给安菲公主作为信物,让她的儿子带着

这个东西回到帝都。这样不管任何情况，不管什么样的安排，谁都不敢对手持信物的我动手，甚至霍尔曼都不得不尽全力来保护我，免得我遇到危险，拉他一起死。"

"地下油矿？"

"是啊，入口就在皇宫内的某处。如果哪天你进了宫殿，你一定可以找到那个地下矿脉的入口的，那是一座古怪的房子。而且那下面似乎有条通向外面的秘密通道。"

"那个信物是什么？"

"就是罗宾所携带的徽章护身符。"罗莫承认，"现在应该在你身上。"

塞文从衣服里拿出徽章。这个东西一点也看不出来有罗莫说的那么危险。不过从另外一方面讲，这东西做工绝对没有到"无法仿冒"的地步，它能够被拿来当作皇族血统的证明肯定有其他理由。罗莫应该没有骗他。

"所以我希望你帮助我。有了你的帮助，我才可能带着罗宾去帝都……"

"你可以丢下她，自己一个人去。"

"如果我能够那样的话，我又何必加到这趟旅途中来……她现在只有我了，只有我能保护她……"罗莫的声音低下去，"……也许这很蠢……但我就是这么蠢。"

"你打算当几天皇帝？"塞文突然问道，吓了罗莫一跳，后者正沉浸在自己的思路里。

"这个……我想……大概可以当一天或者两天吧……"

"皇帝每天发布的诏令没有数量限制吧？"

"啊，这个当然。没有这个规矩的……"

"那么，在你和霍尔曼作交易前，你应该可以先下个诏令，给我付报酬的诏令。我先说清楚，霍尔曼雇用我可是花了大价钱的。你出价好歹要比他高一点。"

"这个当然！"罗莫脸上露出笑容，"放心，反正皇帝的财富我又不能拥有……所以我会很慷慨的。"

"我还有一个问题……你为什么刚才走过来，你为什么认为我不会趁这个机会杀了你，向霍尔曼领赏。"

"这个……大概只是本能的直觉吧。同时我也相信汤马士的目光——他绝对不会舍身去保护一个……不值得保护的人。"

"愚蠢！"塞文在心里哼了一声。不过他自己也许都没有意识到，他所指的到底是罗莫，抑或是他自己。

……

塞文带着一天的倦意躺到了床上，开始按摩自己的手脚，这是他保持身体长时间处于最佳状态的诀窍之一。他的手指有序而灵活地揉捏着，把紧缩的肌肉挤压揉搓成温暖柔软的一团。他曾经在按摩院里工作过一段时间，作为一个廉价劳动力和学徒。在那里学会了这种灵活的指法以及对人类身体构造的很多知识，这些知识技能在他现在这份职业上发挥了不小的功用。

已经是第六天了，今天又是一无所获。牧师只在第一天突然冒出来，随即人间蒸发掉。没有任何脚印，没有任何人看到，也没有任何可以隐藏一个外人的地方尚未被他搜索过。唯一可能的理由是，牧师是怎么来到这里的，就怎么回去了。

但是牧师一定会回来的，也一定知道发生了什么。他毫不怀疑霍尔曼会采取最直接的手段。他一边把一天行动所积累的疲劳一分一毫地从腿脚上挤走，一边考虑着时间的问题。今天他看到了罗宾，躺在神庙的床上，身上涂满温暖的散发香气的药油。神庙里的牧师告诉他，情况比预想的还好……明天这个女孩就能完全恢复。昏迷现在对她来说是有益而不是有害。

也许一支军队正日夜兼程向这里赶来，或者情况已经被透露给了那个大癞蛤蟆。每一种情况都难以应付——但不管怎么说，他已经答应了汤马士的委托。"和罗莫一起把罗宾带到王都，按照预定的路线。"他必须尽力完成这项工作。

塞文换了一条腿,继续自己的手上工作。在他确定双腿和双臂完全恢复了活力后,他终于躺了下来。他决定不再去想那对兄妹,他应该把一切只当成一份工作,对,仅仅是一份工作,毫无爱憎的工作,仅仅是接受委托,替人办事,然后收钱走人这样的单调流程而已。他已经尽了自己的力了,他已经力所能及地搜索过一切不安全的地方,所以已经没有责任了。

然而另外一种东西在告诉塞文,这不过是他自欺欺人而已。这几天当他平静思索的时候,时常可以察觉他早以为已经消亡的苦涩之情。"我只想保护我的妹妹……用我的双手来保护……"当魔法师用平静而沉稳的声音说出这种违背刺客逻辑的理由的时候,某种东西掠过他心灵久远的伤口。

塞文是靠他自己的力量走上这个位置的。然而,站在如今的位置回望过去的足迹,当他思索一件件早已经过去的事情的时候,都只能唤醒他的孤寂与失落。为什么为了一个甚至不曾相认、从来没来往的妹妹,一个人可以冒如此之大的危险?塞文反复地考虑着,他想不出理由。然而他心中却相信这是真话。血缘相连,这个东西被某些人当作敝帚,可以随意丢弃;被另外一些人当作棋子,可以利用驱使。可是还是有些人把这东西看得无比珍贵,哪怕用生命来保护也在所不惜。

塞文想起黎留斯,那个旅店老板。黎留斯为了保护自己那个哑巴女儿出卖了他——那个旅店老板也许很清楚这将意味着什么,可是还是作出了那个愚蠢的决定。他想起那个连名字都被他遗忘的姑娘,满脸雀斑,一头红色头发——在她端着水走上台的时候,她要付出多少勇气。而这仅仅是因为他替她姐姐报了仇——那也不是报仇,只是收钱办事而已。其他的那些雇主不都这么想的吗?

塞文的目光转向天花板。他的意识渐渐模糊。天花板上有一条蜿蜒的、显眼的痕迹,那是某种虫子爬行留下来的。他依稀记得自己曾经看过和这个痕迹类似的东西。可是那是什么呢？是他第一次将匕首刺进某人心脏时候，从伤口绵绵不绝留出的鲜血轨迹吗？或者是某个女人在他枕头边留下的一根长发？或者是在一杯水中逐渐融化渗透的黑色毒药？又或者是那个女孩在人群中穿梭，快步跑向那个兽神祭司所留下的清晰足迹。

他的头脑越来越昏沉，直到一个声音在他心中高喊着："不！危险！"

塞文挣扎着爬起来，竭尽全力。他的脚步蹒跚迟疑，而那股倦意几乎打倒了他。他扑向窗户，打开后连连吸几口大气。夜晚的冷风吹在他的脸上，让他精神一爽。"是迷魂香！"刺客对导致这种现象的东西并不陌生。他心里想道："他们来了！"

塞文马上跳出窗户，来到隔壁的罗莫房间里。魔法师身上闪着一些魔法的光芒——看来他对敌人可能使用的法术做了精心防范。如果他用同样的精神防范那些非魔法的手段就更好了。罗莫像头死猪一样躺在床上，直到被塞文用一杯水浇在脸上。

"怎么……"一只手捂住罗莫的嘴。塞文凑到罗莫的耳朵边，轻声说道："他们来了。"

他们两人走出房间，塞文在前，罗莫在后。空气里弥漫着浓烈的迷魂香味道，夹杂着同样浓烈的血腥味。他们走进大厅，十五六个人趴在地上或者桌上，鲜血流了一地。

"天啊……"罗莫倒抽了一口凉气。那个爱讨价还价的老板死不瞑目地倒在柜台边，胸口上多了一个圆形大洞。

塞文走上前，仔细地观察尸体。"一击致命，死了有些时间了……不是睡熟才动手，而是先动手才放的迷魂香。"他分析着，"一瞬间干掉这么多人……连让他们发出喊声的机会都没有。他的动作一定很隐蔽，而且快得难以置信，无疑是高手呢……以剑为武器……"

"这么圆的伤口可能是长枪……"

"长枪太显眼，隐瞒不了人的。一旦用长枪攻击，这么多人绝对有机会喊出声。这实际上只是一种用剑的习惯……刺进人体后就旋转一周，使得伤口更大，更加致命……这需要高超的腕力与技巧，而且使用的是轻而锋利的剑。刺客的剑。"

他来到另外一具尸体边："罗莫，注意到他们失去什么了吗？"

"生命？"

"笨蛋，是这个。"塞文指了一下尸体的耳朵。尸体的耳朵已经被割掉了，"奇怪……割掉耳朵有什么意义？难道是为了统计杀害的人数？"塞文继续查看尸体，随即在墙角一侧的一个旅客的身上有了新发现，"伤口不深……这是匕首的伤……不止一个人……看来霍尔曼找了不少人来。"

"他们到哪里去了？"

"大概在扫荡小镇的警卫，以及旅馆附近的居民。"塞文判断，"当杀手占据优势的时候，就会先扫荡外围可能碍事的家伙，再攻击目标，以确保成功率。"

"如果不占据优势呢？"罗莫随口问了一句。

"那么就会尽可能潜入，对目标发起突然袭击，然后不管成功与否都立刻退走。"塞文看了一眼罗莫，"幸好他们这一次占有优势，否则一切都已经结束了。"

"他们不止一个对不对？"罗莫脸一红，立刻把话题扯开，"塞文，这个给你。"他脱下自己的腰带。

"怎么？"

"这个是抗魔腰带，可以把对方的魔法反弹回去。等一会我可能要放一些容易误伤到你的魔法，有了这个就没关系了。"

"你自己呢？"塞文接过罗莫的腰带。这件奢华的腰带上布满了各色的绣金魔法文字，一看就知道是珍品。

"放心好了，我可是魔法师，一个魔法师总是有很多小把戏的。"

塞文戴上腰带，随即就抓起自己的长剑，在一瞬间挡住了从背后刺来的一把短剑。危险的身影从大厅柱子的影子中分化出来，在摇曳的烛光下变成一个完全的人体。

"嘿嘿嘿嘿……"阴冷的、让人全身恶寒的笑声充斥了整个大厅。随着这个笑声，旅馆大门砰然开启，几个人影出现在大厅外面。冷风吹进大厅，把本来照亮大厅的蜡烛吹熄一半，剩下的也都在风中萎缩颤抖。

"希莱！"塞文的眼睛穿过黑暗，认出了这些人其中的一个。其余的两个塞文不曾见过。他们身上都穿着魔法师的斗篷。

"塞文，你真的是不知好歹。"希莱冷冷地说道。从话音的间隙，塞文听到窗外隐约的脚步声。他知道希莱带来的部下绝对不止眼前这几个。他已经带了足够多的部下来，多到足够把整个旅馆都给包围。他说话也不像那头癞蛤蟆一样为了表现欲，而只是想用自己的声音来掩饰部下的脚步声而已，"你这是自找死路。霍尔曼本来已经很慷慨了。"

"是吗？我觉得罗莫的条件更好一点。"

"只怕你没福享受！死人是什么都不需要的。"

"小心点，他可能带了很多人来！"塞文低声地对身边的罗莫说道，"他们用传送魔法来的。"

"传送魔法？可是，只靠传送魔法的话，霍尔曼只能送很少的人来。他手下没那么多魔法师。"

"很少是多少？"

"……最多也不会超过五十个！"

"这样你还嫌少？！"塞文用不可思议的目光看向罗莫。

那个先前发出冷笑的黑影冲上了，做了一个假动作，手中长剑刺向塞文的肩头，却在最后关头扭转方向，改攻击大腿。塞文识破了这个小花招，两人的武器彼此碰撞了一下，溅起几点火星。随即重新恢复成最初的状态。对峙的双方衣着类似。那个陌生人和塞文一样穿着一身黑衣，然而却给人完全不同的感觉。陌生人虽然全身漆黑

却与四周格格不入——他似乎比阴影更加黑暗。相反的，塞文的身体则平静地和阴影融合为一体，每个行动都似乎只是阴影的流动。两人再次冲上，进行了一次短暂的交锋，速度快得没有人可以看清，似乎只是影子随着烛光的一次摇晃。这次交锋的结果似乎依然是势均力敌，双方各自后退，摆出防御的架势。

塞文没有忽略希莱的存在。希莱虽然喊出了"给我上"，事实上却没有什么反应。他身边那几个人依然没有动手，四周也没有出现其他人来，真正在战斗的还是只有那个黑衣杀手。这种状况让塞文感到一阵危险。

"不愧是'剑刃'塞文。"陌生人阴笑着，"我很久以来就想会会你！我听说你从来没有失手过。"

"我那么有名吗？"塞文冷静地回答。刚才瞬间的交手让他明白这不是普通的敌人，速度、力量、角度无可挑剔。他能闪过刺向他大腿的一击就有几分运气的成分了。不过即使如此，这个人也仅仅是个幌子，希莱一定另有安排。塞文见识过那个军官预见性的目光和高明的运筹帷幄技巧。

希莱还在等待着什么。

塞文慢慢地挪动位置，寻找着杀敌的空隙。突然之间，他看到了罗莫脸上那略显得意的微笑。这个笑容让他心里一惊，几乎被对手抓住机会。

塞文排除所有的杂念，全心全意地战斗。这个对手不容许他有任何疏忽。双方武器彼此纠缠着，想攻破对方的防御，去接触肉体。塞文向后弯去，以几乎超越人类极限的后仰闪过了对方一剑，同时回敬了几下。

"啊……"希莱似乎为刚才这一惊险的场面所震惊，发出一声惊叹。应该说这声惊叹更像是暗号。那两个在希莱身边的魔法师立刻动手，一道耀眼的闪电向站着不动的罗莫射来。不过罗莫早有准备，在闪电到达之前他的身体就消失了。

第十章 幸存者

剑刃皇冠

"传送走了。追！他逃不掉的。"那两个魔法师的身影也跟着消失了。

趁着这个短暂的机会，塞文的对手再次扑上来，这一次动作幅度却大得不像话，满是破绽，和刚才精巧灵活的身手完全不相称。

塞文慎重地闪过这一下，没有进攻。这种前后的变化太诡异太不正常了。那个黑衣人又一次扑上来，同样是破绽百出的动作，简直是送过来等着塞文的剑。

塞文刺了过去，把对方逼得险象环生，节节后退。希莱依然没有任何其他的举动，尽管他手里拿着弓箭。整个大厅里只有塞文和这个黑衣人在战斗。对方后退中居然绊上尸体摔了一跤——这简直是一个难以想像的低级错误。只要塞文逼进一步，立刻就能杀了他——如果塞文没有看见对方隐藏在惊慌失措表情下面的那一抹狡黠的目光的话。

塞文立即抽身侧跃。险之又险地闪过一根箭矢。他瞬间明白自己已经被引入敌人的陷阱。他的位置极其不妙，毫无遮挡地面对着所有的窗户——嗖嗖声不断从窗外传来。这就是对手的战术，把他引到这个四面受敌的位置。而且他刚才这个跳跃动作导致他更加地深入陷阱，现在完全没有躲闪的余地。窗外也许有二十个弓箭手，或者更多。而且这些弓箭手密集的有章法的箭矢封死了他退回去的路。

"卑鄙！"塞文喊道。

"去死吧，塞文。"假装摔倒在地上的黑衣人露出残忍的笑容，"你喊什么都没有用，这些人绝对不会怜悯或者动摇的，他们连自己人都可以照射不误……"无论塞文怎么退让，他都不可能躲闪过这精心安排好的陷阱。这个位置妙极了，没有桌子可以遮挡箭雨，没有柱子可以阻挡弓箭手的视线……这里是一片完全的空地。他期待着塞文被射成一只刺猬。就算塞文勉强带伤逃出一命，一样会死在他的剑下。

塞文没有试图冲到一个有掩护的地方。他出人意料地扑向前，

一枝箭从正面擦过他肩头,却阻止不了他整个人扑到黑衣人身上。黑衣人用力挡开塞文凌空刺下的一剑,但塞文却主动放开了剑。他抱住黑衣人,借飞扑的力量在地上翻了一个身,让两个人的身体交换了一下位置。倒霉的肉靶立刻插上了十几根箭。

窗外传来巨大的响声,金色的灼炎波从空落下,照亮了整个漆黑的夜空。一个窗外的箭手发出惨叫。接着十几枚火球陨石般的灼炎波落下,把这种惨叫扩大到每一个窗口外。

"迟了一点,罗莫。"塞文低声说道。他推开尸体,尸体毕竟不是塔盾,护得住要害却护不住全身。他手脚上已经中了好几箭。

"做得漂亮,不愧是塞文。"希莱看了看窗外,又看了看塞文,发出恶毒的一笑,"你干掉的可是'黑狼'约尔,一个和你齐名的家伙呢……也多亏你,让我可以节约一大笔钱。"

"只怕你没福享受,死人节约多少钱都没有意义。"塞文一边拔出受伤处的箭一边说道。他强行把自己所有的注意力都从伤口转移开,然而还是痛到几乎昏厥。

"你学我的话倒很快。"希莱回答,"不过我必须说明,某一方面我还是比较感激你的,因为你的缘故,所有的功劳都可以归到我的身上。有遗言的话尽早说吧,我会尽量考虑考虑的。"

"那么我可以问一个问题吗?"

"可以。"

"你们是怎么找到这里的?我前脚到后脚牧师就来了……再怎么消息灵通也不至于如此吧。"

"啊……哈哈哈……我告诉你好了。那些魔法师给你的剑上淬的毒不仅有致命的效果,而且也可以作为跟踪法术的定位物。你到了什么位置,我们都一清二楚呢。先说明白,这实际上是我的主意,等我回去以后,霍尔曼殿下一定会对我另眼相待。我过去欠他太多,现在终于有机会报答了。"

"那得看你有没有命回去!"塞文突然跃起,扑向希莱。希莱则

不紧不慢地举起自己的弓，搭上箭。

"是吗？可惜我并不担心这个，顺便说一句，我对自己的箭术很有自信。"希莱摆好架势，瞄准了脚步颠簸的猎物。

希莱放出了箭，目标是塞文的面门。如果是普通人的话，这一箭一定可以准确无误地洞穿脑袋。但"剑刃"塞文不是普通人。他刚才还脚步颠簸，马上却手脚灵活起来。凭借无数次危险中培养出来的、近乎野兽的直觉本能，他在千钧一发之际闪过了这一箭。他继续向前冲去，速度比刚才快了好几倍，希莱已经没有机会上第二根箭了。

"如果你瞄准的不是我的头，而是我的胸口，也许你就赢了。"塞文冷笑着扑上去。

"多谢提醒……不过，现在还来得及啊。"希莱露出一个凶狠的笑容。他丢开弓，从斗篷下摸出一把上好箭的重型弩，"你看，我一向是准备充足的。"他对准了塞文的胸口。伴随着一声钝响，塞文的身体停了下来，弩箭的箭头隐没在他的皮甲之下。塞文发出一声沉重的呻吟，身体倒了下去。

"一个麻烦清除掉了……"希莱收回弩，重新上好然后藏到斗篷下，同时吹了声口哨。

一声巨大的爆炸从屋顶传来，震得整个旅馆一阵颤抖，尘土哗哗地向下落。紧接着传来另外一声爆炸给屋顶开了个天窗，一个黑色的东西掉了下来。老半天希莱才看清楚那是一具焦黑的尸体——不过不是罗莫，而是那两个法师中的一个。

"塞文！"罗莫从天窗中徐徐降下，他看到了倒地不动的塞文，"你杀了他？"

"我说罗莫王子殿下，现在不是讨论这个问题的时候。"希莱毫无惧意，"那两个家伙果然不是你的对手。大法师的称号果然是凭实力得来的。"他看着罗莫，罗莫也不是平安无事。他的斗篷上有几处破损，胸口上有一摊血迹——那是某个冲击法术留下的，"现在的问题是……你想怎么死？"

"我已经解决掉你外面那群弓箭手了。"罗莫急剧地喘息着,"你以为凭你一个打得过我吗?"

"我?谁说我要和你打?"希莱发出一声冷笑。接着他的身体慢慢消失,"我只是来……防止你们提前逃走而已。"

"是幻影……"罗莫向门外冲去。这种传送距离是有限的,希莱还没有走远。而且他也不会走远。

"不要追!"一个声音阻止了罗莫,塞文从地上爬了起来,"那家伙一定有埋伏……"

"塞文,你怎么样?"

"没事……幸好这徽章在我身上。"塞文拔出胸口的那根箭,接着又拉出那个皇家身份的证明,"够幸运的,真的。"

"更幸运的是,我还有最后两瓶治疗药水。"罗莫笑了一声。

他们走出门去,毫无意外地看到希莱正在等他们。无论是罗莫还是塞文都倒吸了一口凉气。

在希莱身边,聚集了一整支全副武装、装备齐全的队伍。前列是举着盾牌的重甲士兵,后面是一整列的弓箭手。魔法师的斗篷则夹杂在精铁盔甲之间。人群黑压压地布满了前方,有百人以上。罗莫立刻明白希莱的自信由何而来——他一开始就有了万全的准备。他带着少数几个人冲过来,目的仅仅是为了防止这种大规模的传送被察觉。

"罗莫,你不是说他们只有不到五十人吗?"塞文自嘲地问。

"这个……这个……看来他们招募了很多新的魔法师……"

这种情况令人绝望。不管塞文如何自信,或者罗莫怎么强大,靠两个人怎么可能抵抗一整支军队?也许他们可以打败三五个刺客,同时消灭十几个弓箭手……但在这种情况下,无论做什么都毫无意义。

"罗莫殿下,想靠魔法逃走已经太迟了。我的部下已经竖立好了防止逃跑的魔法屏障了呢。你们离不开这个镇子的。"希莱得意的声

音传来。塞文终于明白他一直拖延等待的是什么——他在等待后续部队的抵达，以及防止传送魔法的完成。

"看来我们完了呢。"塞文不自觉地笑起来，"不过这总比火刑好……就算杀一个够本，杀两个赚一个好了。你干什么，罗莫？"

罗莫没有回答，只是稳步走向敌阵。脚步之稳重让塞文不觉有些惊慌。

"想用魔法吗？罗莫殿下……不过你现在还剩下几个战斗的法术呢？"希莱哈哈大笑，并不介意。生死关头虚张声势的套路他已经见得太多了。

"愚蠢的人类，你对魔法了解得太少了。"罗莫的语气让笑容从希莱脸上消失，"我确实只剩下一两个战斗法术……可是只要一个法术就够了！"

罗莫站直身体，开始吟唱他的法术。

"那……那是同归于尽的咒语！"一个魔法师发出惊叫，"燃烧所有的魔法以毁灭一切，快阻止他！"

几个魔法师向罗莫丢出了无用的火球和冰风暴，弓箭也立刻射向他，但有一股看不见的能量在守护着罗莫，所有的攻击都被挡了下来。

"解除他的护身法术，不能让他完成这个咒语！"一股能量射向罗莫，想破坏保护着他的力场。然而守护着罗莫的法术比任何人预想的都要强大，这股能量没有发挥作用。

"麦康提尔最后一击！"罗莫释放出了魔法。恐怖的魔法能量从他身上爆发而出，如同不可阻挡的浪潮一样席卷了一切。数量上的优势毫无意义，士兵徒劳地举起盾牌想抵挡这死亡的冲击波，魔法师也张开防御魔法——但死神张开了大嘴，把一切都吞噬了下去。大部分士兵和法师都在这股能量的第一波冲击下就被杀死，其他的则在接下来的时间内阵亡。

塞文几乎是看着那些士兵怎么接二连三地倒下，有的甚至是直

接蒸发成烟雾。那魔法的威力简直无法形容，仿佛是一座火山喷发出来，把所有的士兵、魔法师都一个不剩地卷了下去。罗莫给他的魔法腰带保护着他，让他得以避开毁灭的能量风暴。这毁灭的法术和各式各样的防御魔法碰撞着，尖啸声伴随各种光芒闪烁，刺激得他双眼昏眩不已。塞文不得不闭上眼睛。虽然他几乎不用看也知道那些人的下场。

"罗莫！"在耳边剧烈的震动声结束后，塞文立刻一跃而起。他冲向刚才毁灭风暴的中心，也就是罗莫所站的位置。罗莫倒在地上，看起来毫无生气。

"罗莫！"塞文用力摇着同伴的身体。过了老半天罗莫才睁开了眼睛。

"看……来……在下成……功了呢。"他的声音嘶哑，仿佛每说一个字都要耗尽所有的力气，"幸好……那……家伙……不懂多少魔法……他只知道法术分……战斗法术和非……战斗法术……却不知道所有魔法……的力量都可以……转变为……"

"别说了，你还好吧？"

"死不了……在我……看到……罗宾……结婚前……怎么……可能死掉呢……我还要给她……主持婚礼……呢……"罗莫露出一个艰难的笑容。这个笑容让塞文感到一阵痛心。不过看起来，这个骗子魔法师虽然已经半死不活，但却还不会死掉。

"我去找镇子里的牧师，叫他来帮你治疗好了。"

"没……用的……嘿嘿……这么大响声都……没有人……出来看……看来镇子上的人……都完蛋了……这都是……我们惹的……"

"我们哪里还有力量去关心别人……来，我带你回旅馆里去。虽然大厅已经完蛋了，可是旅客房间还基本完好呢……"

塞文扶起罗莫。魔法师的身体此刻完全没有活力，只能像婴儿一样任由塞文摆布。

"我们走……"一声弓弦的响声打断了塞文的声音。在他醒悟过来那是有人在朝他们射击的时候，罗莫的胸口已经多出了一根弩箭的箭尾。

"啊……"罗莫发出一声轻微的呻吟，血沫染红了他苍白的嘴唇。

塞文扭头看向发射者。那是希莱。这个霍尔曼的忠实部下半躺半坐，斜斜地靠在几具同僚的尸体上，手中拿着一张弩。

"王子殿下……抱歉……我没能完成任务……不过……你以为你已经赢了吗……愚蠢的家伙们，你们根本不知道等着你们的……是什么……哈哈哈哈……"希莱发出一阵骇人的哈哈大笑，笑声变成了剧烈的咳嗽，接着咳嗽声突然间平息下来。希莱的头一歪，空弩掉落到地上。

"罗莫！"塞文用力喊道，但他马上发现情况还没有不可挽回。这一箭射得不准确，因为射箭者状态的缘故，这箭没有能直接射透内脏，而是歪着射进人体。只要没有出血过量，这样的伤是不会致命的。

但那是对正常情况下的人而言。现在罗莫这样子谁也不能保证这一箭要不了他的命。

"没事，这伤很轻……"他竭力安慰罗莫，同时试图止血。在他这么做的时候，罗莫的背拱起来，身体开始剧烈地痉挛。

"毒……"这种情况塞文再熟悉不过了。这是人体中了剧毒的反应——希莱的弩箭上是附带剧毒的。

没有任何多余的时间考虑了，塞文立刻掏出自己身边的解毒药——他永远带着这种东西以备不时之需。他把药水灌进罗莫紧闭的牙关，绝望地看到这一点作用都没有。这箭上涂的不是普通的毒，也许就是那些魔法师附在他剑上的毒。那些魔法师说过，这毒没有任何东西可以抵挡。

"塞……塞文……"痉挛终于平息下来，罗莫的眼睛恢复了一点

神采,说话也比先前流畅了一些。但塞文很清楚这意味着什么,他宁可看到罗莫像先前一样萎靡——这甚至比痉挛更加可怕。

这是回光返照,人类生命行将耗尽之时才会出现的现象。

"看来……我没希望了……"罗莫的脸恢复了一点血色,但嘴角溢出的血已经开始发黑。这种毒简直强得难以置信,即使喝下了强力的解毒药水,它也要在半分钟内才能深入血脉。

"我已经给你喝下了解毒药……"

"没用的……我的身体不会骗我……你的解毒药对这种毒无效……我真的是高估了自己的力量。看来我没机会去主持罗宾的婚礼了。"罗莫大口地吸着气,他的胸口传出泡沫碎裂般的声音,"就这么死了真不甘心……"他突然举起双手,紧紧抓住塞文的肩,"塞文,我们是朋友吗?"

"是……"过了几秒后,塞文如此回答。

"答应我一件事情……不要把我的事情告诉她……就让我悄悄地消失……就算看到我的尸体,也只作为那个雇用来的陌生法师……而不是她的哥哥……那孩子……已经承受不了第二次打击了……"罗莫的呼吸越来越急促,就好像刚完成一场激烈运动的人所发出的喘息,"答应我……"

"如果你死了,那么她怎么办?"塞文突然暴怒起来,他紧紧地抓着罗莫的肩头,"她只能和你说的一样,关在黄金的牢笼里度过一生?"

罗莫挤出一个笑容。"塞文……你依然是个……雇佣兵吗?只要给钱……什么都可以做?"

"是的……"

罗莫的手伸进怀里,摸出一个蓝色的、小巧的发夹,上面镶嵌着六颗巨大的钻石——这些钻石大得让人惊讶。他的手颤抖着,把这个发夹塞到塞文手里。"这个……算是我的……酬金……代替我……去完成我的计划……你知道怎么做的……你要……好好地……保护

罗宾……"罗莫的嘴唇发紫,嘴里流出的也不再是血,而是半凝固的血块。

"塞文……记得……希望……"

"希望?"

"……最后是……希望……告诉罗宾……最后……是……希望……"

罗莫的声音非常的轻,轻得只有塞文这样耳力的人才能听得见他在说什么。罗莫似乎竭力想说清楚最后的话,但他的嘴才只是略略张开就停了下来,永远地停了下来。

罗莫已经死了。

第十一章 胁 迫

天亮的时候，镇子里残留的人们赶了过来。

昨天晚上的行动血腥而无声。魔法师们用某种方法隔绝了声音，活着的人是醒过来才发现这个突变的。小镇成了满是尸体的屠场。旅馆附近堆积了上百具尸体，数倍于这个数量的居民被悄然杀死在家中。塞文不用想也知道发生了什么——希莱率领自己的部下竖立了一个防止逃跑同时也隔绝声音的魔法结界，然后毫不留情地干掉结界内所有的活人以防止他们可能的妨碍。

小镇上一片哭声，这个镇子在这次从天而降的大祸中死了近四分之一的人。整整一天，人们都在忙着埋葬尸体，收拾残局。镇上神庙里的牧师也一整天都在为死者作安息祷告。死者实在太多，这种祷告经常要为一群人而做，并且匆匆了事。

塞文没有加入到这场大葬礼中。作为唯一的一个幸存者，人们都来问他到底发生了什么。但是塞文用恰到好处的表情以及巧妙的回答来应付了过去。到最后，大家相信这一定是个大规模战斗魔法导致的悲惨后果。这些士兵本来要被传送到某个地方去偷袭敌人，没想到出了差错，不仅殃及了无辜的小镇，连他们自己都送了命。这个合情合理的推断终于在最后变成了定论。这些淳朴的居民发现他们除了忍受这种损失外什么都做不了。

塞文没有帮忙。这一天黄昏的时候，他来到了城镇的墓地，看着那一整排崭新的墓碑。棺材店里所有的存货都卖了出去，即使如此，还是有很多死者没棺材、没有墓碑。墓地里的一个小土坑和一堆新土就是他们的归宿。在这些新墓中间，有一个很不起眼、十分平常的坟墓。坟墓前方竖着一块简陋的石碑——即使是这个石碑都是因为出于慷慨的原因才有的。墓碑上浅浅地刻着一个名字："无名者"。没有出身，没有来历，没有生平介绍，更没有祭奠的花朵和酒肉。仅仅是一块由最拙劣的石匠打造的简单墓碑。

本来这个坟墓应该位于皇家陵墓之中，由镶嵌着黄金和美玉的大理石制成；本来应该有数不清的达官显贵环绕在坟墓周边，即使他们心中并无悲伤，起码脸上也要保持哀悼之情；本来此时应该是香烟缭绕，祭品如云，哀乐四起。然而这一切都没有。罗莫死了，作为一个路边被雇用过来的无名法师战死了，而不是作为王子——皇冠的正统继承人。

说实话，人生真的充满讽刺。汤马士死了，罗莫也死了，现在只剩下塞文一个人。当他们的队伍从狄雷布镇出发的时候，他们一共有四个人，三个大人护卫着一个小孩。汤马士按照战死骑士的传统，埋葬在他最后咽气的地方，罗莫则作为一个无名者永眠在一个小镇的墓地之中。到现在却只剩下塞文独自一人站在墓地凭吊死去的同伴。

也许不仅是同伴。

斜阳如血，把这片墓地渲染得一片血红。其他人都已经离去，死寂的墓地述说着死者被遗忘的悲伤。一阵风吹过，带来细微的脚步声。塞文几乎没有回头就知道是谁来了。

"塞文……哥哥……"

"嗯。"塞文低声回答。汤马士还有罗莫，都是为了她而死，而她又知道多少其中的真正意义呢？塞文几乎是带着愤怒扭过头来，却看到女孩眼中难以言喻的哀伤。这哀伤融化了他心头的郁闷。他明白自己只是在迁怒而已……他居然会迁怒，这个结论让他自己都有

些感到不可思议。

"罗莫哥哥……死了吗？"她轻声地问了一个多余的问题。墓碑上的名字和塞文的存在本身就是这个问题的答案。

"罗莫哥哥……"塞文重复了一次这个称呼。他再一次转身看着这个孩子，看着那双眼睛。就和所有大病初愈的人一样，她明显憔悴，脸上毫无血色。她很难过，但却不是失去汤马士时候的那种彻骨之痛。罗莫对她来说不过是一个普通的身边人……也许就和那些照顾她的佣人一样。也许，仅仅是也许，她能够如此哀伤，部分是因为她想起了汤马士。

他弯下腰去，抱住这什么都不知道的孩子。罗宾虽然有些惊慌，却没有躲闪抗拒，任由塞文把头靠在她肩膀上。

胸口传来身体压住硬物的痛苦。塞文缓缓地重新站直身体，无言地向那个简陋的坟墓投以最后告别的一瞥。他伸手入怀，掏出先前让他感到疼痛的东西——那是罗莫给他的发夹。他举起发夹，六颗大钻石映着残阳的光辉，变成了六颗红宝石，如同里面充满了血一样。

一声惊讶的呼喊打断了他的思路，他看向声音的来源——罗宾正睁大了眼睛，看着他手中的这个发夹。虽然这个发夹确实很珍贵，可是塞文不认为这东西有可能引起罗宾这么大的惊讶。这孩子本身就是在珠宝堆中长大的。罗宾猛扑过来，塞文措手不及，被抱了个正着。

"哥哥！哥哥！"她突然这么喊道，"我就知道是你……你为什么不告诉我？！"

"你说什么？"

"不要骗我了。那个发夹是妈妈最爱的头饰，也是我曾经戴过的……有一天她拿走它，告诉我终究有一天哥哥会带着它来找我，这个发夹就是我哥哥的证明……"

"你哥哥为了保护你已经战死了，死前把它给了我。"这些话哽

第十一章　胁迫

剑刃皇冠

165

在喉咙里,没有能说出口。塞文只是慢慢地轻抚着罗宾的头。有那么一瞬间,他突然明白罗莫临死时的感情——那种深深的、由血缘相连而成的爱。就算隐瞒起自己也好,就算不知道自己存在也好,只要这孩子幸福,那就够了。

"我们……走吧。"塞文轻声说道。他能够把这孩子送到首都去的,这一点他确信无疑。希莱的话应该没有错,唯一可能让他遭遇追踪的东西就是剑上那种古怪的魔法毒药。而剑已经被卖到镇上的武器店……就算下一批追兵过来,也只能懊丧地发现目标悬挂在武器店柜台之上。而在越过帝国西部荒凉的地带后,大道上的行人就会渐渐密集。像他这样的行人实在太多,他们只是作为这些旅人中最不起眼的一员前进。不管霍尔曼怎么神通广大,想要在帝国广袤的土地上毫无目的地搜索而保持机密,也是一件做不到的事情。如果霍尔曼够聪明,他就会停止这种徒劳的努力,他唯一、也是正确的选择就是收缩防线,在首都附近布置人手来迎接这些皇位的威胁者。

塞文不知道那里会有什么东西在等待着他。武装齐全、数量众多的巡哨和守卫?或者路边一双双警惕的眼睛和耳朵?又或者是强大的魔法和层层陷阱?不,不会如此。他应该尚未知道罗莫已死,但他可以通过部下的覆灭而知道罗莫的力量。想要阻止这样一个强大的法师进入柯迪雅城是不现实的。他不会在这种地方设置无聊且注定不会发生作用的障碍。

他会怎么做呢?

……

"哥哥,你过去都在哪里生活的呢?"罗宾的话打断了他的思路。这个女孩不止一次这么问,但每次塞文都只是含糊其辞地应付过去。

"……你长大就会知道了。"

"可我已经长大了。"罗宾抱怨道。

塞文没有回答,他的注意力被另外一个东西吸引了过去。前方又因斗殴（或者叫决斗）发生了堵塞。人们咒骂着，却不得不停下来。

确实人太多了。不过这并不是坏事。罗宾王子即将完成成年之旅，来到首都继承皇位的消息早已经被传播出去。盛大的即位祭奠已经在筹备之中，全国各地有关或无关的人都纷纷赶到这里来。黑暗和混乱永远是弱小一方的帮手。

越接近首都的道路就越拥挤，可以说是车水马龙。大部分车辆都只能一步跟一步地慢慢前进。这里那里，到处可以看到豪门绅贵的车队。这些人乘坐着金碧辉煌的马车，由穿着镀金铠甲、头戴孔雀翎毛头盔的扈从前拥后簇。每个贵族都存在"攀比"的心态，尽量多带随从，力求阵容整齐，装备豪华，很多甚至带来了他们的军队，加剧了拥挤程度。

在这些豪华威武的队列之间，也夹杂着相比起来装备简陋的车辆。那些是各地的官员和总督。没有人愿意放过这个对新皇帝献殷勤的机会。

除了这些人外，还有更多的、时不时从烟尘中冒出来的简便马车或者行人。有些马车上悬挂着家族徽章，马车上端坐着神态威严、气质高傲的老人——那是退役的骑士们，想趁这个机会一睹新皇风采；有些马车拉着满车的各种各样的货物，在别人的呵斥中东闪西躲——那是想借机发一笔财的商人；有些则是普通的车子，车上坐着一个唱着山歌的年轻人——那纯粹是为了看热闹而出门的平民。

每当大风吹过，将车轮马蹄所扬起的尘土吹散的时候，整条大道就一目了然。站在高处放眼看去，五光十色应有尽有，整个队列如同一条色彩斑斓的巨蛇，从地平线彼方一路爬行到帝都之中。军乐声此起彼伏，因为那些达官显贵总是要带着乐队好衬托自己的气势，结果导致乐队们不得不彼此斗争，都想用自己的旋律来压倒别人的节奏。而无法避免的呼喊、喧闹以及争吵声则夹杂在各色乐器的演奏中，让整条大道喧闹不堪。

在这种混乱的情况下，想要阻止有心人偷偷混进城简直是太不容易了。城门如同一张大嘴，永无止境地吞下滚滚而来的人流。门口的卫兵根本无法执行他们的秘密使命——如果他们有秘密使命的话。贵族、商人、平民以及混杂着小偷、罪犯和妓女，拥进了城市。

塞文几乎是没有花费任何的力气就带着罗宾来到城里，同样没费什么功夫就找到了一个安静的藏身之处——一座荒废的房子。那是他过去履行某个约定的时候发现的，一个偏僻街道上的一座偏僻房子。房子真正的主人已经离开很久了，但房子却基本完好，甚至连家具都在。

进城之后虽然保持着最低调，但塞文已经注意到了一些异常之处：一路行过，城里的人无不讨论关于即位大典的事情，但却很奇怪的是，没有一个人可以准确地说出大典举行的时间。

"这是……哥哥你住的房子？"走进门的时候，罗宾发出惊讶的叫声。房屋已经多年没有打扫，灰尘积累足有半寸厚。在灰尘的帮助下，原本老旧的家具显得更老旧，窗帘死气沉沉地笼罩着，仿佛这里已经被遗弃了几百年一样。房屋中弥漫着一股木材腐烂的气味。

"我们得暂时住在这里，不能住旅馆。"塞文迈进门，同时检查了一下他上次离开时留下的几个小记号。结果让他满意——自从他离开后，这里不曾来过其他人。距离这里最近的几个房子里面明显住着些不好奇的居民。

"我们必须……打扫一下。"塞文突然想起身边的罗宾。他自己居住在这样的环境并不会感到不舒服，比这里差上十倍的地方他也可以泰然处之。但罗宾应该会受不了这个的。

"好脏啊……"罗宾再次感叹，她四下里打量，在房屋的角落里找到了各种生活常用用具，包括清扫的工具，"这里有水吗？"

"外面花园里有口井。"塞文随口回答，同时考虑应该如何入手。附近的邻居虽然没有好奇心，但是如果公开地进行打扫，难免不被人看到。此时此刻，他不想引起任何的麻烦和关注。

"那么我来动手打扫吧。"罗宾发出一声欢叫,她跑过去,抓起工具,然后跑向花园。在他阻止她之前,他看到最近的房子窗前出现了一张脸,一张属于老年妇女的面孔。那人似乎是被刚才那声欢呼所惊动,因而在惊讶到底是谁出现在这个废屋之中。

"对了。"似乎想起了什么,罗宾停下了脚步,"哥哥,你去买点吃的东西好不好?"她吐了一下舌头,"一路吃干粮,我已经吃腻了。等你回来的时候,我们就可以在干净的房间里好好吃一顿。不过不干净你也不可以怪我,因为他们已经很久没让我动手干什么活了。"

"你一点都不像个公主。"塞文摇头叹息。

一个公主是什么样的?罗宾早就忘记了,也许她从来不曾知道过。从她出生开始,她就是作为一个男孩来抚养的。

塞文转过头,再次看了一眼那个在观察这边的老人。老人似乎也意识到塞文警惕的目光。随着窗帘一拉,老人的脸消失在窗户之外。这种举动却隐瞒不过塞文。从窗帘不自然的抖动中,他就知道那个老人依然在窗边,从窗帘的缝隙中继续观察这里。

但那老人应该没什么危险。上一次来的时候,塞文就调查过隔壁邻居的身份。那是一位独居了十几年的老妇人——没有任何值得特别注意的地方。即使被她看到也不会造成什么大的问题。他的心突然想到,也许再小的麻烦都应被消弭在襁褓之中……

塞文离开房子的时候,他注意到那个老妇依然在看着这边。

作为一国之都,柯迪雅城位于一片广袤肥沃的平原正中,三条大河交汇于此。它不仅有足以拱卫全市的高大巍峨的城墙,还同时拥有水陆的便捷交通。种种客观条件本身已经足以让它成为大陆上首屈一指的繁华所在,而在即将进行新皇登基大典的现在,这里已经难以用"繁华"来形容,而更适合用"密集"来说明。街道上的人流简直像狭小管子里黏稠的液体,半天都流不动。各地各色的人聚集于此,大量的武装人员掺杂其中,纷争与混乱简直如同虱子离不开老鼠一样。

因此，在一个酒店里发生纷争实在是再平常不过的事情了。这次纷争的内容是某位军官打扮的男人没有钱付酒账。

"我说过，我是光荣的皇家近卫军的军官！！我怎么可能去抵赖这样一笔小钱？"被纠缠住的那个男人挥舞着健壮的胳膊，却无法摆脱死死纠缠住他的那个老妇人，"我只是忘了带钱……我以军人的名誉发誓，我立刻会回来，还给你两倍的钱，操他妈的！"他向看热闹的人群咆哮着，"要不是为了那个该死的大典忙昏了头，我也绝对不会忘记带钱就出来喝酒。"

"但是大人，我们这里可是小本生意……"那个开小酒店的老妇女死死拉着军官的衣襟不放，她用那种老年人的唉声叹气恳求着，弄得军官一点办法都没有。如果她态度凶狠一点，或者口气恶劣一点，也许这件事情还能用暴力解决。但这样一个年纪老迈、而且口气与其说是债主不如说是乞丐的人，只有最无耻的街头无赖才会想到用暴力。

围观的人大都抱着幸灾乐祸的态度。看起来没有任何人打算出面帮忙解决这场纠纷。

"我再重复一次，我是近卫军官。"那个男人拉下领口的金光闪闪的徽章给老妇人看，"看到了吗？这东西可不是假冒的！我马上就会回来……"

"用你的金肩章来抵债吧。"人群中不知道是谁喊出了一声。这个貌似合理的建议却让这个军官更加狼狈。一个军人对于荣誉的重视更胜过他的生命——这是汤马士反复强调过的。这种违背荣誉的事情是他无论如何都无法接受的。在他走也走不了，在又毫无办法的情况下，唯一的希望就是得到他人的帮助。

塞文排开人群，"老人家，"他用最客气的声音说道，"请不要这样，我来替这位朋友付账。"塞文从口袋里摸出几个银币。不管那个军官喝了多少，在这种酒店里，他需要付的钱绝对不会超过塞文手中的价值。这个行动很有效，那个老妇人放开了手。

围观的人群很快散去，该干什么就去干什么了。

"谢谢……"那个高大的男人露出十分感激的表情。他脸上有一条深深的伤疤，那是战斗留下的痕迹，"我马上就……"

"不必，这点只是小钱而已。"塞文大方地回答，"看到一位骑士遇到这样窘迫的情况，任何人都会慷慨出手解围的。如果愿意的话，是否和在下再喝两杯？"

这个要求自然不会被拒绝。

两个人在一个角落里坐下来。并没有费多少工夫，塞文就知道这个男人名字叫雷伊，身份是近卫军的一名下级军官，他当这个职位已经十几年了。言者无心，听者有意，雷伊没有对这个突然冒出来慷慨助人的陌生人有太多警惕，而且塞文诱导的技巧也极有水平。在酒精的帮助下，塞文毫不费力地得到了很多平常人不知道的情报。

"所以说嘛……现在大家都有些担心……汤马士大人的车队应该早两三天就到达才对……"雷伊一边喝酒一边抱怨。

"汤马士？就是那个传说中的骑士？由他保护的车队应该不会出问题才对。也许路上出了一点小意外——小病小灾、风雨阻路之类不是很常见的吗？"

"话是这么说……可是现在有很多传言，据说霍尔曼殿下为了防止罗宾王子回来继承皇冠……所以路上派遣了很多刺客……汤马士大人虽然很强，但一来年纪已大，二来暗箭难防，三来寡不敌众……要是再过几天王子还没有出现的话，那才叫热闹哪。诸侯们正好都聚集在城里，到时候恐怕会联合起兵讨伐他……那可真有热闹可瞧了。"

"这个城市不是在霍尔曼王子的控制之下吗？我记得首都及首都附近一带城镇的军力是所有诸侯集合的军力之总和。这是开国皇帝制订下来的政策。只需要一个命令，不就……"

"嘿嘿……"雷伊明显已经喝高了，事实上他已经在塞文高明的灌酒技术下喝掉了十几杯烈酒，"按士兵的数量来对比确实如此，可

是呢……"他打了个酒嗝,"除了他安排在军队里当高官的那帮蠢货,没有士兵愿意效忠于他。要是真的有人找到了他谋害罗宾王子的证据,起码我就一定会率领我的部下和那些诸侯联手打进皇宫里去,我的同僚也一样……"他再次打了一个酒嗝,醉眼惺忪地看着塞文,"你根本不知道大家对霍尔曼和他那帮走狗的反感有多深……如果先皇尚在,凭我的资历和功绩,我早应该被提升为大队长,甚至可能被册封为一城一地之主啦……你知道我们一帮人凑一起的时候,讨论得最多的就是怎么把霍尔曼派来当我们上司和那几个白痴一起绞死……"

"如果诸侯没有能找到证据,却依然起兵反叛呢?"塞文看似不经意地问道。

"那我就选择旁观。只要他们不侵扰城里的居民……哪边打死我也不管。直到分出胜负,我再出面捞点功劳……"雷伊灌下最后一杯酒,然后直喘大气,"不行……我不能再喝了……我晚上还要处理诺特大人的营地问题……他们必须被安排在城北的平原……该死,他为什么要带五百名士兵过来……"

"诺特?"这个名字让塞文顿感熟悉,他突然想起霍尔曼在和他交易的时候,所出示的那叠扑克牌,"这几位爵爷没有太大野心,他们只效忠荣誉和忠诚。如果那孩子死了,他们的举动无法预测。也许是毫无反应,也许会起兵讨伐最有嫌疑的人。"在那叠牌的最前端的那一张,就是这个名字。

事实证明霍尔曼颇有识人之明,起码对那个癞蛤蟆的评价真是一点都没错。塞文脑子急剧运转着,也许这个诺特可以信赖……或者说可以欺骗。

"抱歉……朋友……我实在不能再喝了……"雷伊站起身来,脚步蹒跚,"我必须要走了……"

"祝你一路平安。"塞文说道。

"也祝你一路平安……有需要的话来找我……嗝……我一定

会……帮忙……如果你有……麻烦的话……"这名喝醉的军官摇晃着身体,离开了这家小店。

塞文没有耽搁,紧接着离去。他已经得到了他所需要的情报了。他把需要的食物包好,走出门的时候,发现天已经近黄昏。罗宾已经在房子里等了好长时间。不知道为什么,想到已经过了这么长时间,塞文的心里就感到一阵莫名其妙的不安。

塞文用最平常的步伐向回走。像这样一个衣着打扮普通、行动又从容自信的人是不会受到卫兵盘查的。事实也正是如此,街道上负责警戒的士兵多了好几倍,却没人找塞文的麻烦。他很轻松地回到了他的落脚点。

那栋房子依然平静地耸立在夕阳的光辉下。透过房外破旧的篱笆,可以看到那口水井周围满是水迹。这种种正常的迹象却让塞文感到无法形容的危险。他马上找到了让他感到危险的细节——水桶摔在井边,看起来似乎只是因为使用者随手所扔的。但塞文却明白这种情况不会出自罗宾之手。那孩子喜欢任何东西都井井有条。

塞文拔出自己的匕首,让身体融入阴影里,悄悄接近那栋房子。在失去剑后,他一直使用这把长匕首——这是罗莫留下的,虽然罗莫从来没用过这件武器。

塞文隐身门后,通过窗户向里一瞥。房子里空无一人。他把耳朵贴到墙壁上,就算人类可以隐藏起自己的身体,但绝对隐藏不了呼吸,除非是死人。

房里静悄悄的,没有任何呼吸,只有死一样的寂静。

塞文闪进门。房间被打扫了一半,满是灰尘的一半地板上,清晰地留着几个脚印。那不属于一个十五岁的少女,而是全副武装、脚穿铁靴的大男人的脚印。

"该死的……"塞文迅速搜索,但没有能找到任何有价值的线索。他只能根据痕迹判断,几个大男人在他走后不久闯进门,没有费任何力气就绑走了罗宾。这地方太偏僻,就算大声喊叫也不会有人

听见的……不，会有人听见的。隔壁那个老妇人……

几秒钟后，塞文就来到隔壁房子门前。在他打算像一个正常访客一样敲门前，他闻到一股熟悉的气味。某种香料的气味。

"进来吧，塞文。我在等你，"一个声音飘进了他的耳朵，好几秒钟后，塞文才想起这个声音的主人是谁。

塞文把匕首藏进衣袖，保持着一种随时可以抽出的状态，然后走进房门。房间正中摆着一张长背靠椅，霍尔曼正坐在椅子上。他的两侧站着两个塞文已经很熟悉的人，一个是牧师，另外一个则是那个老魔法师。

"坐。"霍尔曼向另外一张椅子一指，"我们需要好好谈谈。"

"罗宾在哪里？"塞文冷冷地问。

"放心，她很安全。"霍尔曼口吻却出人意料的温和，"我只是来找你谈谈的。"

"谈谈？我想先问你，你是怎么找到我的？"

"塞文，你要明白，既然殿下打算要用你，自然会把你的情况了解清楚。"牧师插话道，"包括你曾经在这里落脚的事情。"他露出一丝得意的笑容，"你太自信了，塞文。我算到你会回到这里来……事实证明我的推测是正确的。"

"你们抓罗宾干什么？罗莫王子已经死了。"塞文说道。

"我们早知道他死了。"霍尔曼瞳孔凶猛地收缩起来，塞文这句话似乎接触到他心里的某个痛处，"反正也没有隐瞒的必要，我就直截了当地说好了。那把剑上所附加的魔法毒药除了杀人外还有两个作用，一个是魔法定位，还有一个是……"

"……可以接收持剑人附近的声音。"老魔法师伸出枯瘦的胳膊，露出鸟爪一样又长又弯的指甲，轻轻地理了一下胡子，"所以，我们把罗莫王子的临终遗言听得十分清楚。当然，其他对话也没有错过。"他满是皱纹的脸上一阵扭曲，"接下来的一切你自然可以想得到了。"

"那么你想做什么？"

"你受命保护罗宾殿下……事实上这很好。不过呢……已故的安菲公主殿下真的给我们找了很大的麻烦。她用密信把机密告诉给了几个爵爷，告诉了他们罗莫王子的事情。我不知道她到底通知了几个人，但要是他们宣布出来，真的会引起很大的麻烦……真的。而且是毫无意义的麻烦。"霍尔曼保持着他一贯的矜持，停顿了好一下才说出真正要说的话来，"我要给你一个新的委托。"

"如果我拒绝呢？"塞文看着那个魔法师和牧师。前者漫不经心地用指甲理着胡子，后者漂亮的双眼透露着冷峻。四周没有其他人，但霍尔曼既然敢来到这里，他肯定对自己的安全很有信心。塞文没有和牧师交手过，但他知道这个牧师不是普通角色，否则也绝对不会担当这么重要的任务，而另外一个魔法师身上却散发着令人不安的阴森森的气息。塞文还很清楚地记得这个魔法师在他毫无察觉的情况下突然冒出来的事实。

但即使如此，塞文依然很有把握在这两个人面前全身而退。

"那我就杀了罗宾公主。"魔法师用最怡然自得的口吻说出了威胁。

"杀了她对你们毫无好处。"

"留着她也没有多少好处。而且她的孩子必定又会成为下一次的皇位威胁。"这个老迈的法师露出一个狠毒的笑容，脸上残忍阴沉的皱纹挤成一团，"所谓的灾祸都要在苗子时候拔除。"

"这是暗示吗？"塞文冷笑了一声，"暗示我？"

"不是，此时在房子外面，并没有坚固的大门和众多的守卫，你只要转身逃走，我们绝对追不上。"牧师回答，"这是威胁。"

"凭什么你认为你可以用她来威胁我？"

魔法师念着一个缓慢的咒语，随着魔法吟唱的声音，一个清晰的影象出现在空气中。塞文清晰地看到罗宾被捆在一个架子前，双手双脚同时被捆绑，躺在地上无法行动。架子慢慢地清晰起来，那实

第十一章 胁迫

际上是个断头台。巨大的月形断头斧充满威胁地插在木台之上。他看到有一双手把罗宾拉起来，任凭她怎么挣扎，硬是把她按在台上。接着斧头被一双粗壮的手臂举起，举得高高的，然后落下，带起一片血花。

"现在这只是个幻影，但我可以保证，它会成为现实的。也许还会增加一些其他节目。"老头狞笑着保证，"比如，让她死前带点美好的回忆。"幻影里的哀号如同真实的一样直刺塞文的耳膜。他看向霍尔曼，霍尔曼正好把视线从幻影中转回来，在霍尔曼的眼睛里，他看到得意和满足。

这不是一个空洞的威胁。

"我会按照罗莫临死前的希望做的。他希望的东西，对我来说并不重要。"霍尔曼许诺道，"不就是希望他的妹妹自由么。我可以给她完整的自由……没有任何限制，也绝对不把她作为政治的棋子。我可以封她一个闲职，吃穿无忧，让她住在她喜欢的地方，和她希望在一起的人度过一生。"

"那么我凭什么相信你说的会兑现？"

"凭王者的信用……啊，我忘记了，信用这种东西对你们而言分毫不值。"霍尔曼故意地加强了后半句的声音，但塞文不为所动。

魔法师开始念诵另外一个魔法，就是上一次塞文曾经见识过的法术。伴随着冰冷的魔法触感，房间里的四个人建立了一个无法说谎的精神联结。在魔法完成后，霍尔曼正面朝向塞文。

"我会遵守我刚才的允诺的。"他这么说道，"现在满意了吗？罗莫王子？"

"罗莫王子……"塞文惊异于这个称呼，但下一秒钟，通过精神联接传来的信息让他明白霍尔曼的真正意图。

"现在开始，你就是罗莫王子了。明天，你得出现在加冕仪式上，然后宣布主动放弃皇冠！"

悠扬的乐声回荡在天空之中，笼罩了整个城市。此时，数以十万计的居民离开自己的家，集中到街道上，每个人都知道今天要进行新皇的即位大典。

即位大典这种东西本来就是一辈子难得碰上一次，然而流言却在一夜之间充斥了整个城市。不止一个消息灵通的人信誓旦旦地宣称，这次继承皇位的并非罗宾王子，而是被认为早已经夭折的他的兄长。另外一些人则赌咒发誓霍尔曼王子已经杀掉了那一对兄妹，这次即位大典他会为自己戴上皇冠。当然，也有人一口咬定这不过是无稽之谈，罗宾王子明天继承皇位的事实是不会更改的。

但是，不管市民们有多少好奇，这个答案他们必须明天才知晓。因为今天，仪式要在柯迪雅城的王宫内举行，明天才是新皇游行。即使如此，皇宫周围一带还是被人们挤满了，为防止意外发生，以至于几乎所有的兵力都集结在皇宫一带。

在没有人给予过多关心的城市另外一角，数千名从属不同贵族的士兵悄悄地聚集在一起。在前一天的夜晚，他们已经在各自君主的命令下集结，组成统一的队伍，并且安置了各级指挥人员。这种组合隐秘而充满技巧，如果不是内部的人就无法知道其中的真相。甚至在外表看起来，这依然是一支分散的、服装混乱的来自各地的军队。这支军队毫无威胁可言。然而此时此刻，这个城市是完全暴露在这支军队面前的，城门大开，城里所有的士兵都几乎被调集到皇宫维持秩序，而且都没有携带重型装备。城里的士兵有上万，但他们此刻都穿着漂亮但不顶用的布甲，拿着维持秩序需要的短剑或外加一根长矛。而且他们根本没有战斗的心理准备。

塞文缓步走过长廊。

昂贵的绣金丝绸披在塞文身上。他的身体充满了花朵芬芳的气味。他的头发被梳理得干干净净，涂上了香油，顺从地梳成一个漂亮而不浮华的发式。在他身边的人都用最庄严的态度和最卑躬屈膝的表情跟随着他。

这真的是好笑。

塞文走过皇家广场，走向对面的大礼堂。举国最有名望、最有权势，以及最富有的人都集中在那里等候着他。成排的士兵明白他的身份，因而以最恭敬的姿态向他鞠躬行礼。在他最终伴随着地毯和音乐走进大礼堂的时候，所有的人都为他让路。在礼堂的中央，摆放着他曾经见过的至尊皇冠。

三个身穿白色袍子的老人走上来。塞文知道这些人是来验证他的身份的。他举起手里的那个徽章，同时裸露自己的手臂，露出证明他皇家血脉的灰色斑块——毫无意义的皇家血脉。

三个老人退去，人们从他们恭敬的表情就知道这个男人确实是拥有皇族血统无疑。塞文走上前，把徽章嵌进皇冠的缺口。这确实是皇冠的一部分，因为结合得是如此完美。在嵌入的那一刻，魔法的光辉笼罩住这个无价的皇冠。看到这一场景，已经不需要他作任何介绍，所有人都已经明白他的来历，在等待着他的宣言。数名德高望重的神职人员已经在一侧准备着为他主持加冕的仪式。

"我凭我的血统宣誓……"塞文提醒自己是个受过良好礼仪教育的魔法师，所以他用自己能做到的最大的优雅和平和的态度大声宣称。他看到了霍尔曼的笑脸，那张笑脸铭刻着赤裸裸的威胁。

"我将放弃皇冠的权力。"塞文冷静地说出这句话时，立即引起四周不安地骚动。在所有的贵族官吏都为这句宣言震惊不已、未能反应过来之前，他已经抓起徽章，快步走出礼堂侧门。这徽章不属于他，也不属于霍尔曼，而属于罗宾。

"诸位……"塞文听到了不可避免的窃窃私语声、叹息声和不甘心的挽留声，但在所有声音中，最清晰的是霍尔曼的胜利宣言。霍尔曼将登上皇位，戴上剑刃皇冠。

但一开始，罗莫就不曾真的想长久保留这个皇冠吧。

终 章

塞文走过内殿，通道走廊空无一人。霍尔曼早有安排，大礼堂后方就是霍尔曼控制的势力范围，这是他平时起居的地方，每一个卫兵的挑选都经过他的首肯。两个守卫走廊的卫兵已经接到通知，默许他通过。塞文穿过花园，沿着小河走过几排亭榭，牧师已经在前面等着他了。四周没有别的人，很明显霍尔曼早已经吩咐过了。

"做得好极了。"牧师一脸笑意。

"来，"牧师伸手引路，"跟我走，霍尔曼大人已经把你的酬金准备好了。当然，因为你的违约，所以他没有像他许诺中的那样慷慨，让你自由地支配宝库三小时。"牧师坦然地说道。塞文注意到他领口内有微微的金属光芒。那是极其精致的乳白色铠甲。塞文一点也不觉得牧师穿这身铠甲是为了庆祝主人的最终胜利。

"不用了，告诉我罗宾在哪里。"塞文拒绝道。

"她很安全。"牧师保证道，"难道你想带走她？"

"我又不是她真正的兄长……不，我只想看到她。"

"看到她又如何？你又不能带走她。所以还是放心地把她留在这里……难道你看一眼会给你带来什么好处？"牧师平静地分析，"还是跟我来吧。拿到你的酬金，去北方，永远不要再回来。"

塞文没有反驳，默然地跟着牧师。他们很快就远离依然喧闹的大礼堂，甚至连那拱形的尖顶都看不到了。皇家园林被照料得非常

好，高耸入云、年代久远的乔木错落有序，其中点缀着不知名的奇花异草，细石小路恰到好处地延伸在人工森林中，石子路两侧长着毛茸茸的可爱绿草，中间则铺着洁白的细沙。

路的尽头已经在望，前面是一座在树林映衬下阴暗深沉的大房子，坐落在树林中间。房子的墙壁被染黑——不祥的黑色。

"我们要到哪里？"塞文问道。

"到了。"牧师回答。伴随着这个声音，一张金属的网从天而降，把塞文罩个正着。躲藏在树木阴影里的伏兵冲了出来。

两个武装的男人，一左一右，每个人都一手拉着网绳，另外一手拿着利刃。这是完美的陷阱，任何人都无法在被网罩住的时候还能进行抵抗。当眼角余光看到金属的光泽从天而落，而且准确无误地笼罩住目标的时候，牧师就知道没有回头的必要了。剩下的都是无足轻重的小事，甚至没有他过问的必要。

鲜血溅洒在石子小路上，殷红如葡萄佳酿。洁白的细沙饥渴地痛饮着鲜血，小路迅速地被染成红色。

两声人体仆倒的浊响，似乎有些不合常理。牧师转过头，看到塞文静静地站在石子路上，两具被切断喉咙的尸体躺在他脚下。

"不可思议，你是怎么做到的？"牧师惊讶地问道。因为他已经看到塞文手里拿着一根骨质的小法杖，"传送法杖！我倒真的忽略了这个。不过，"他看了一眼那已经毫无光泽的骨棍补充道，"也已经用完了。"

"为什么要杀我？"塞文问道。他丢开无用的魔法杖，拔出另外一把匕首，而牧师赤手空拳。但是从牧师镇定的神色来看，仿佛情况正好相反。

"当然是为陛下除去一些可能的麻烦。"牧师若无其事地踢了一下脚边的小石头。

塞文听到从森林深处传来的沙沙声。一个，两个，三个……

"你确实相当强，但是，我真的很想知道，你死以前能打倒几

个?"牧师冷笑着。他英俊的面孔流露出一股杀气,"这算是个有趣的数学实验。"他手里出现了一把魔力汇聚而成的锤子。

"至少能先杀了你!"

匕首与灵锤在空中相遇,魔法塑造成的锤子比真的锤子更坚固,更难对付。两人错身而过,牧师身体侧肋部分的衣服被切开一个巨大的口子,露出里面那件值得赞叹的精美铠甲——那件铠甲完整无恙。塞文的宣言并未成为现实。

身穿黑色衣服的人冲出了树林,塞文放弃了继续攻击并杀死牧师的念头,继续向前跑。沙沙声似乎响遍了整个林子,牧师不知道安排了多少人。该死的,那些守卫不是都去看守礼堂了吗?

塞文向前跑。突然间,他觉得很可笑。霍尔曼许诺不会要他的命,可是牧师如果杀了他,霍尔曼估计也绝对不会怪罪,也许还会高兴地称赞呢。黑色的大房子已经在眼前,但那光滑的墙壁根本无法攀登。牧师一定是这么想的。他前面是无法攀登的高墙,后面是数量惊人的追兵,他除了像掉进陷阱的野兽一样拼死一搏外别无选择。墙的顶端有序地排列着一块块突出的、看起来很结实的木桩,如果能抓住这些桩子的话也许就能爬上去。但要达到那个高度,除非塞文脚上踩了高跷。

塞文想也不想地扯下那件华丽而碍事的丝绸绣金长袍。他把那件织物拉紧,甩上墙头钩住木桩,然后拉住这根临时绳索爬了上去。这房子里不知道会有什么,但是塞文却很清楚,一栋建筑物被独立地建造在花园深处,而且围以高墙绝对不会没有原因的。但这里是他目前唯一的选择。

塞文跳下墙,外面的追兵为高墙所隔,但那只是暂时现象。他们可以搭人梯过来,就算真的蠢得想不到这一招,他们也可以选择走大门。

墙里是个空荡荡的院子,只有黑色的房子开着暗红色的大门,似乎不怀好意地等着他自投罗网。塞文闻到一种令人难以忘怀的气

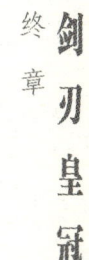

味——肉体腐烂许久以后留下的气味。那些贵族城堡的地牢里，总是有这种味道的。而地牢总是一个容易潜入的地方。

牧师可以瞒着霍尔曼杀了他，那么罗宾……想到这里，他不禁打了个寒噤。随后塞文立刻告诉自己这不会发生。毕竟他死了，霍尔曼也许不会知道，但罗宾死了，霍尔曼绝对不会被一直蒙在鼓里。

几个人头从塞文身后的高墙顶端冒了出来，另外一队急促的脚步声则说明大队人马的行动。塞文看着前面，如果他能翻越那段墙壁的话，也许他就能摆脱追兵。但塞文不敢保证那墙后面是否还有另外一张金属网在等待着他。

塞文看着这栋阴森森的房子。一瞬间，一个念头跳上心来。这是地下通道的入口，罗莫曾经和他提及的地下油矿。他还记得罗莫说过，这个油矿里有条通到外面的秘密通道。

塞文冲向房子大开的门，在进去之后他才发现自己的猜测十分正确。这栋房子里什么东西都没有，只有一个用石头和不知道什么年代的木头组成的矿洞入口，这栋房子本身就是为了遮盖这个矿洞而存在的。几个人影冲了出来。

手快如电。塞文低声默念着这四个字，同时把右手的匕首顺势刺进第一个人的胸口。一把斧头劈向他的腰部，塞文注意到挥舞斧头的是个矮人，在人类国度里，这个种族并不常见。身轻如燕。他再次念诵着，然后高高跃起，闪过这一斧，左手匕首刺进矮人的脖子。

第三个人居然穿一身重装铠甲，在狭窄的矿洞口简直如同一尊门神。滑溜如蛇。塞文继续念诵，在巨剑砍过来之前先一步矮身滑步前冲，从那双粗壮得如同石柱一样的双腿间钻了过去。剑只砍中了他的残影，他把匕首埋进后背那些铠甲防护不到的地方。然后塞文迅速地冲进了矿坑。留下三具尸体以及追兵们绝望的叫骂。没有人敢进入这个漆黑的矿穴里去追逐"剑刃"塞文。

塞文靠着冰冷的岩壁停了下来，静听追赶的声音。没有人追过来，杀手告诉自己。他静听自己的心跳，同时回味刚才发生的一切，

突然有些想笑起来。也许这样的风格才适合他，保镖的工作他并不拿手。他喜欢这种没有牵挂，只为自己而战，生死悬于一线转瞬间分出胜负的战斗，他过去所有的战技都是为了这种战斗而锻炼的。一旦他成为保镖，把主人的安全高悬在自己之上的时候，他的实力就大打折扣了，就很容易陷入苦战。

不过现在他的保镖工作已经结束了。塞文听见远处的滴水声，同时感觉到空气的细微流动。他的眼睛已经适应了这里的黑暗，这里居然是个分岔路口，有五个方向。这让他想起过去听到的一个传说：皇宫地底还有一个复杂的迷宫，某个皇帝想建造一个和地上宫殿同等规模的迷宫，可惜工程未完他就先完了。

塞文闭上眼睛，用身体去感受空气的流动。风是从这里吹进来的。他走向其中一条通道。黑暗中很平静的他不知道走了多长时间，当他停下脚步的时候，他发现自己来到一个石造的大厅。大厅空无一人，只有他的脚步声在回荡。

"这里倒是不错。"塞文低声自言自语。空气十分清新，这里应该很接近地面，起码有和地面相连的通风口。但是一路走来，塞文都记得自己是在向下走，所以他肯定这里有个通到地面的通风口。

另一个通风口是个方形的小洞，笔直通向上方，从通风口流进来的新鲜空气清楚地告诉塞文上面是通的。塞文走上前，试了一下，他发现自己很容易就能撑着通风洞向上爬。

"……天杀的……"塞文听到一个声音，不是从通风口外传来，而是透过石壁传来的。他把耳朵贴到石壁上，想听个仔细。

"该死的，他们居然在我眼皮底下作乱！要不是罗莫王子放弃了皇冠，现在我已经是阶下囚了。"塞文立刻明白声音的主人是谁，那是霍尔曼。说实话，塞文从来没想到霍尔曼居然可以这么大喊大叫的。

"但是陛下，"塞文注意到"陛下"这个称呼，"这一切都没有发生不是吗？诸侯们没有推翻你的理由。你现在是名正言顺地登上了皇帝之位……没有人能反对你拥有这个权力的。"

"是目前没有人。那些该死的家伙已经开始怀疑罗莫王子的声明是否有其他原因，有人向我提出要求见见罗宾……真他妈的该死！那个白痴牧师，他怎么还不回来，还不拿回徽章！"

"可是，那个咒语的最后几个字……"

"罗宾他死不放口，不管怎么样她都说自己不知道。所以我现在还没有完整的歌诀。该死的，只要有这个东西，我就可以什么都不怕，就算那些诸侯吃了豹子胆也决不敢乱来！……我不能看清你最后模糊的笑容，我是如此的无足轻重，但我全心全意地守护着你，你要知道你并非孤独的唯一，即使消失也会再次孕育……该死的，就差最后一个词，那个老头只把关键字交给那个死婆娘，那个婆娘又只教给她的儿子女儿。世界上除了死掉的罗莫外，只有罗宾知道这个关键词是什么。也只有她能启动徽章的力量。"

"我不能看清你最后模糊的笑容，我是如此的无足轻重，但我全心全意地守护着你，你要知道你并非孤独的唯一，即使消失也会再次孕育……"塞文轻声重复着霍尔曼的话，他突然发现四周亮起来。他寻找光源，却发现发光的居然是他胸口悬挂的那枚徽章。罗莫所说的拥有毁灭整个城市威力的魔法的关键。

启动这个魔法的居然是这么一首诗？明显这诗歌并不完整，缺少最后部分，所以徽章的光急速黯淡下去。塞文再次把耳朵贴到石壁上。

"可是，陛下，臣以为，无需真正得到口诀。"

"什么意思？"

"臣的意思是，反正口诀只有万不得已玉石俱焚之际方会使用，而只要未到这种情况，天下无人知晓陛下您不能使用这个毁灭法术。而一旦真的到这种地步……您认为毁灭不毁灭对您自己而言，有区别吗？"

"哦……"

"何况只需要您佩带徽章在身，同时又有皇家血统，哪个诸侯会冒险发动无法成功的叛乱呢？要知道，他们并不知道您没有掌握这个法术。所以他们认为背叛的最好结果就是和您一起同归于尽。换句话说，您并不需要'真的知道'这个歌诀，只需要让'别人以为您知道'就可以了。"

"说得很有道理。但是，拷问必须继续，好，告诉那些人，"塞文听见霍尔曼加大了嗓门，"把罗宾带过来，我要最后亲自审问她，她必须说出那个关键词是什么。还有，牧师怎么还不回来？他早应该打发掉塞文，同时把徽章拿回来了。"

塞文的手一松，整个身体差点滑了下去，幸好两手及时同时用力，猛地撑住岩壁才没有掉下去。手掌拍在石壁上，发出清楚的声音。即使是石壁的另外一端也可以听得很清楚。

"谁？！"一阵暴喝传来。一股能量猛烈地在塞文身边爆炸，碎石纷飞。塞文感到一侧突然失去借力的东西，这让他失去平衡，向侧面摔去。一块较大的石头砸中了他的头，让他一阵昏眩。等昏眩感消失的时候，他发现自己半跪在大理石地面，对面是带着不敢置信的目光的霍尔曼，还有那个魔法师。

在他身边，是一个用魔法炸开的大洞。洞口外是黑洞洞的通风孔。

"塞文……"霍尔曼看了看那个通风管，用不可思议的口吻说道，"你真的像只老鼠，居然能摸到这里来！"魔法爆炸的冲击波让密室灯火摇曳不停，在昏暗的灯光下，霍尔曼晃动的影子看起来如同炼狱中的妖魔。

"可是也到此为止了，卫兵！"霍尔曼高声大喊。大门打开，一小队人马拥了进来。"杀了他。"霍尔曼命令道。

"等一下，你不是答应……"塞文惊讶地看着霍尔曼。他的声音停住了，他看到霍尔曼额头残忍的皱纹，从他眼角恶毒的笑意，从他嘴角嗜血的弧度，他瞬间就明白牧师要杀他不是自作主张，而是因

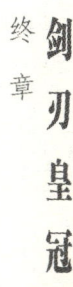

为霍尔曼的授意。

"你骗了我？可是为什么……"他看向霍尔曼身边的魔法师，那个老头得意地摸着稀疏的山羊胡子，正眯着眼睛看着他。

"魔法师总是有很多小把戏的……"塞文轻轻地说出了真正的答案。

"当然，如果不是一开始就打算让你永远闭嘴的话，为什么要专门找你这样一个没有同伙、没有组织，而且已经被吊在火刑架上的人呢？因为如果你死掉了，世界上没有任何人会知道。放心好了，我破例给你收尸埋葬，给我上！"

霍尔曼从侧门离开，门随即被锁死。士兵们冲了上来，环甲撞击发出了连续不断叮当的声响。

……

丁冬……丁冬……

耳边传来轻柔的滴水声。听着那清脆悦耳又保持着永恒节奏的声音，随着一声又一声，塞文的力气似乎又回来一些了。

塞文试图爬起来，同时不影响脊背处的伤口，起码不让那伤口疼痛加剧。他感到头上一阵冰凉黏稠，用手一摸却只接触到一些半软半硬的东西。那是尚未完全凝结的血块，也许是别人的，也许是他的，他感到头上剧烈地疼痛。

但是塞文必须离开。那些士兵很快就能找到一条足够长的绳子爬下来。塞文听说过对卫兵，特别是负责统治者安全的卫兵制订的各项措施，其中包括满门抄斩。要是他们抓不住他，塞文明白霍尔曼一定会这么惩治他们的。

在塞文身边有四具尸体。全部都是跳下来时摔死的。他们没有受过刺客的训练，不懂得在高处跳下去能保住自己性命的种种诀窍，而且他们身上的铠甲和武器也太重了。不过就算知道这些诀窍，塞文依然明白自己的左手摔断了。加上后背挨的那一剑，头上擦过的那一锤，更不用提跳下来时大大小小的擦伤和淤伤，他几乎已经走

不动路。

可塞文必须走。不走就会死在这里。

塞文摸索着向前,被血浸染凝结成硬块的头发在他额边不停地晃荡着,他很想去掉这个麻烦,可是他一只手必须扶住岩壁,另外一只手连动弹一下都做不到。要是他带着治疗药水就好了……唉……罗莫总是带着治疗药水的……他不由得回想道。

想到罗莫,塞文立刻想到另外一个人。他还记得霍尔曼对话里的一个词"拷问",这就是他们对罗宾的好好照顾。罗宾现在还活着,塞文知道这一点,但绝对不是许诺中的那样幸福快乐地活着,话说回来,霍尔曼还许诺给他钱让他去北方呢——结果是让他进坟墓。

不,不要想她。塞文的理智提醒自己,你现在自身难保,能逃出去就应该谢天谢地了。你负责保护那女孩到城里,其他的事情是完全超出你的能力范围的,你不是个骑士,没有必要为做不到的事情去送死。只有骑士,才会念着"荣誉即吾命"这种蠢话去自杀。

"我答应过他……我要保护那孩子……"塞文发现自己不知道什么时候已经出了声,"可恶……是我的错……"

是错觉,在塞文心灵深处,另外一个声音回答道。你真的以为你是她哥哥?你只是个雇佣兵,即使这个称呼抬举你了,你只是个杀手。你出身贫贱,虽然你身上也流着那么一点点皇族的血脉,但那比婊子的誓言更不可靠。而那孩子是真正的皇族,你和她的区别好像凤凰和蚂蟥的区别一样。她确实在喊你哥哥,但那不过是个美丽的误会而已。

塞文用蹒跚的脚步回到那个五岔路口。该往哪边走?他发现自己思维不再清晰,有些昏沉。这是失血过多导致的,他已经感觉不到后背的伤口了,所以也不知道那个伤口是否还在流血。也许还在流血,否则他不会感到这么冷。失血会让体温下降的。

塞文的脚碰到了一样东西,接着他才看清楚那是一具尸体。具体地说,是一具无头尸体,躺在这个岔道口的正中间。尸体身上是霍

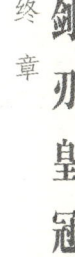

尔曼贴身卫兵的装扮,身上也没有其他伤痕,只是被人一剑砍掉了头而已。地上一大摊干涸的血迹,空气中满是血腥的臭味。干净利落,这是在毫无抵抗的情况下的结果。

好多的脚步声。猛然间塞文才明白自己耳朵听到的是什么,脚步声中夹杂着隐约传来的钢铁碰撞的叮当声,是追兵?!

塞文翻身到一块大石头的后面,隐于黑暗之中。

"白痴、笨蛋、一群废物!"他听到霍尔曼的咆哮,"你们居然让一个小女孩跑掉了!一百个大男人居然抓不住一个小女孩!"

"但是殿下,我们真的不知道她居然对这里了如指掌……她是第一次来这里,居然知道我们都不知道的密道……"

"混帐!她是第一次,可是她妈妈是在这里长大的,对皇宫里的机密一清二楚,那个婆娘自然会把这里的一切都告诉女儿!你们给我听着,我不要任何借口,立刻把她给我找回来,否则你们统统完蛋,我也一样!"霍尔曼咆哮着。他害怕,他恐惧,塞文心里想道。"不一定要活的,死的也可以,只要别让她跑到外面就行!"

脚步声四散离去,塞文松了一口大气。罗宾已经逃走了?这真的是太好了,他突然发现自己十分欣慰。那女孩只要跑到外面,随便找到一个人问路,跑到那些诸侯的帐中,那么霍尔曼立刻就完蛋了。每个人都会知道他篡位的野心,还有他并不懂得毁灭咒语的事实。大概那些驻守首都的军队会有一大半倒戈相向,一起打进皇宫,宰了霍尔曼,顺便痛快地掳掠一通。

倦意涌上塞文的脑海,他突然很想睡。但一睡着就可能永远醒不过来,他不能睡……那是什么?他听到了一个很响的脚步声,有个穿着铁靴的人在跑?

"抓住你了,"他听到一阵混乱的声音,接着是一声痛苦的大叫,那是女孩的叫声。

"抓到你了!"那个卫兵得意地从地上提起罗宾,把这个女孩像只猫一样抓在手里。和他那魁梧粗壮的体格比起来,罗宾确实也

只能算只小猫。这个卫兵是个胖子,一头短发,生了一张猪脸。"哈哈……这下子王子殿下一定会对我刮目相看。小东西,你可真会躲,害得我们到处找。"

罗宾没有说话,那头猪提着她的领口,勒得她无法呼吸,更别说说话了。

"王子殿下……王子殿下到哪里去了?不管他,我在这里等,他一定会回来的。在这里等……"他看向手里的女孩,罗宾身上穿了一件破烂的短衬衣,光着脚。因为刚才的粗暴动作,她的衣服扣子被扯开了,露出刚发育的胸部。猪头看着手里的猎物,呼吸突然急促起来。

"王子殿下回来还需要好长时间,也许我们可以做点什么。"他放下女孩,一想到他面前的是个公主,他的猪眼睛就兴奋地睁得老大。他伸出一只手抓住女孩的嘴以防止她咬人,另外一只手慢慢伸向罗宾的胸部。接着他发出一声沉浊的低喊,身体一下翻摔到地面上,开始垂死地抽搐。

一直到他完全死透,塞文才从他的后颈里拔出匕首。

"哥哥!"罗宾跳起来,紧紧地抱住塞文。她的双臂搂住塞文的腰,有点触到了塞文背上的伤,让塞文本来以为已经麻痹的伤口传来更猛烈的痛楚。但塞文却没有躲,"我知道你会来的……我知道……"她啜泣着。塞文看到她身上裸露的部分有很多红色印痕,那是鞭子留下的印记。同时他也看到女孩双脚赤露着,白皙的皮肤上满是血和裂口。

"对不起……"塞文努力地回答。又一阵昏眩冲了上来。"糟糕,我的血流得太多了。"他心中暗想。

"哥哥,你怎么了?"罗宾停止啜泣,他感觉到了塞文僵硬的动作。她一定已经在这个地下隧道里待了好长时间,以至于眼睛已经能够适应黑暗。她看到塞文头上的伤,也看到那只被折断成七八节的胳膊。

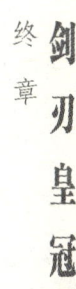

"啊……"

"嘘……我没事……"塞文制止住她的喊叫。谁也不能保证这样一个声音不会引来什么人。"你知道到外面的通道怎么走吗?"他低声问。

罗宾点了点头。

塞文把尚存的那只胳膊放在罗宾身上,因为他的昏眩连平衡都把握不住了。他很清楚自己把大部分重量都压到了罗宾单薄的身上,而这个女孩却默默咬牙承受。

他们沿着岔道中的一条通道前进。罗宾感到塞文的身体越来越僵硬,似乎活力正一点一点地从他身上流走。她害怕地听到他的呼吸渐渐减弱,同时身体越来越冷。

"等一下,哥哥,别睡着啊。"她喊着,但塞文只用低沉的、无力的声音来回答。

"哥哥,我给你念诗好不好?妈妈说精神不振的时候听诗可以让精神振作起来。"没有等到塞文回答,她就开始背诵一首诗歌。"一日终结将至,以满怀敬仰之心,期待黑暗降临……"她突然明白这诗歌里有某种不好的征兆,于是立刻转变话题。"不,这个不好,我换一首……我不能看清你最后模糊的笑容,我是如此的无足轻重……"

"……但我全心全意地守护着你,你要知道你并非是孤独的唯一……"塞文跟着念道。他突然明白这个女孩在念的是那个启动毁灭法术的诗歌,"……即使消失也会再次孕育……"

"啊,哥哥,你也知道这首诗啊……"

"孕育后面是什么?"塞文低声问道。

"不知道……妈妈从来只念到这里为止。我不知道下面是什么……这首诗可以让我的徽章发光。可是我的徽章丢掉了。"

"没有丢。"塞文用力把徽章项链从胸口扯下,交到罗宾手中,"看,不是在这里吗?"

"啊……不,哥哥,不要取下它。这徽章受过祝福,妈妈告诉我

它可以保护我不受伤害。戴回去。"

"那不是祝福，是诅咒。"塞文低声说道，声音轻得罗宾根本听不见。

这时，眼前突然亮堂起来，塞文发现他们已经来到一个空旷而巨大的天然岩穴。四壁夹杂着某种矿石，发光的矿石，给这里带来了地下世界罕见的光明。

"这个是……"塞文仔细地看着那些发光的颗粒。"油矿？！这里是矿脉的通道？"他仔细地观赏着发光颗粒。油矿可以燃烧甚至爆炸，可惜就是开采困难危险很大，同时又有很多东西可以替代它们。油矿没有普遍使用的价值。最多只会被用做特殊用途。比如刺客常用的小爆弹，用来制造声音吸引守卫的注意力。

"哥哥……看那个……"罗宾指向洞穴的中央，一块巨大的油矿石耸立在地面上，绿幽幽的光芒照亮了附近的空间。血红色魔法文字写满了这块油矿石，红色的光芒不断闪烁，说明这个魔法并没有随着时间流逝而失效，它依然在运作，在等待着使用者的激发。

这个应该就是那个传说能把整个城市送上天空的毁灭法术了。塞文一点也不觉得夸张。如果这块巨大的油矿石爆炸开来引起整条矿脉的大爆发的话，别说是人类的城市，整座山脉都能送上天去。

"哥哥……怎么啦？"

"休息一下吧……"塞文轻声地说道。他看到自己每一个足迹都留下一小滩血迹。那个刺他后背的家伙出手可真重，他有些安慰地想起自己划开对方喉咙时手的触感。

不过这样的伤……

"罗宾……我想告诉你一件事情……其实……"塞文低声说道。已经过了十几天，就算有悲伤也不会那么强烈。罗莫的计划已经失败，塞文有些苦涩地想着，最后这孩子还是无法平安地得到幸福。

"不要说！"罗宾用坚定的声音阻止了塞文的话，"出去后再说好吗，哥哥？"

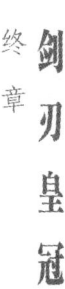

终章

"恐怕……我已经没有时间了……"塞文苦笑着说道,"我必须告诉你,其实那个……"他用最后的力气站定身子,右手抓住罗宾的手。那根吊着徽章的链子缠在他手上,他把链子塞进罗宾的手中,"罗莫,他才是……"

塞文看到少女脸上的惊讶神情。那张脸急速鼓起,接着在他面前崩溃。纯真的表情化作无数血肉的碎片飞溅。不仅是她的脸,她的身体整个膨胀开来,被由内向外的力量扯成碎末。上一秒钟她站在原地,一只手被塞文拉在手里,下一秒钟她就完全消失了,只剩下一只残手还在塞文的手里。

一只细瘦的手臂。

塞文木然地转过头,看到那老魔法师狰狞的笑脸。

"不要小看我啊。"霍尔曼的嘴脸出现在老魔法师的身后,他的身边还有另外几个人,牧师也在其中。他在得意地笑,笑得很放肆很大声,"好歹我在这里也住了十几年……就算我没有掌握所有的密门机关,但怎么样对付这种通到外面的密道还是很清楚的。你们果然想从这里逃出去。"

塞文困惑地把目光重新转回到自己手中的残臂上来。罗宾呢?他思索这个问题,却觉得头脑一片茫然,什么都想不起来。

"嘿嘿,陛下,现在已经不再有人能启动毁灭法术了。"那个魔法师笑着,原来他们所惧怕的就是这个。他们怕那孩子放出最后的毁灭法术。可是世界上已经没有人知道引发毁灭法术的完整口诀了,罗莫已经死了,他们根本没有必要害怕这孩子……

"为什么……"塞文低声地问,眼睛依然茫然地看着手里的东西。

"反正她迟早都要死,我可不会让这丫头再生一堆孩子出来觊觎皇冠。"

那是自己的错,如果你真的统治有方的话,你根本不必害怕任何东西。塞文想这么说,声音凝结在他喉咙里。他再次看了看霍尔

曼——这个男人脸上依然挂着他刻意装出来的威严和轻蔑,但他却胆小得如同一个路边的小贼——一个畏缩、怯懦却贪婪、残忍的蟊贼。他平时伪装出的王者风范现在只剩下一副可怜的假面具而已。

魔法师又丢出下一个魔法,一道黑色的死亡光线射向塞文。但出人意料的是,魔法被反弹回去。法师惊慌中想用另外一个法术抵挡,然而已经来不及了。他被魔法的力量弹到五六步外,仰面朝天,胸口出现一个冒着黑气的大洞。接着魔法的力量进一步爆发出来,把他的身体撕成了碎片,内脏像颜料一样涂满了四周。

"……我不能看清你最后模糊的笑容;我是如此地无足轻重,但我全心全意地守护着你;你要知道你并非孤独的唯一,即使消失也会再次孕育……"塞文几乎没有去看那个法师的下场。不知道为什么,他就是想到念这首诗。可是他根本不知道缺少的最后关键词是什么,念这个毫无意义、只是让徽章无用地发发光而已。

"快上,杀了他!"塞文耳边听到霍尔曼气急败坏的声音,以及脚步声和铠甲碰撞的叮当声,但他没有停止念诵。

"……最后是……希望……告诉罗宾……最后……是……希望……"当剑刺进塞文小腹的时候,他感到又一阵昏眩,一个熟悉的声音似乎又回到了他的耳边。

"……希望。"塞文念出最后一个词。

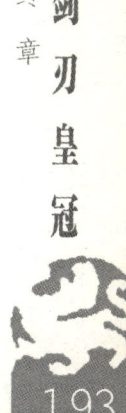

终章 剑刃皇冠